I0547227

Il coraggio di una rosa

Blake Williams

Ghostly Whisper

Proprietà letteraria riservata
Copyright ©2025 Ghostly Whisper Ltd.

ISBN: 978-1-917437-24-0

Website: http://www.ghostlywhisper.com

Facebook: https://www.facebook.com/ghostlywhisperltd

Instagram: https://www.instagram.com/ghostlywhisperltd

X: https://x.com/GW_BooksEtc

Threads: https://www.threads.net/@ghostlywhisperltd

Whisper of Time

CAPITOLO 1

Londra, 2 maggio 1875

Il crepuscolo stendeva un velo di ametista sui tetti di Mayfair, mentre i lampioni punteggiavano le strade come fiaccole di un antico rituale. Dentro la sontuosa residenza dei conti Delsey tutto scintillava: candelabri di cristallo, specchi dorati e un volteggiare di sete e pennacchi che anticipava una delle prime grandi serate mondane della stagione. Per Lady Charlotte Delsey quel ballo non rappresentava soltanto un evento, era la soglia fra il sogno dell'infanzia e il severo palcoscenico dell'etichetta vittoriana. Ci si aspettava molto da lei, ne era consapevole. Ciò che non sapeva ancora era come avrebbe corrisposto queste aspettative.

Charlotte, nel fulgore dei suoi vent'anni, attendeva in cima allo scalone di marmo, trattenendo il fiato per poi rilasciare un sospiro nervoso. La luce tremolante delle candele accarezzava i suoi capelli color rame, come una dolce fiamma di riflessi dorati, e accentuava la pelle avorio punteggiata da poche, timide lentiggini. I grandi occhi blu, eredità della madre francese scomparsa diversi anni addietro, quando Charlotte era ancora bambina, osservavano l'elegante tumulto sottostante con un misto di meraviglia ma anche di apprensione. La piccola "Lottie", come veniva ancora chiamata in famiglia e da chi aveva intessuto con lei rapporti di amicizia, era decisamente cresciuta. Alta ma esile, possedeva la grazia e la fragilità di un fiore di serra e, allo stesso tempo, la resilienza di chi cresce consapevole delle aspettative gravose che incombono sugli eredi di un casato antico e prestigioso ma ormai purtroppo indebolito nelle finanze.

Il corpetto di raso color rosa pallido, ricamato con minuscole perline, le fasciava il busto come la corolla di una rosa appena dischiusa. La gonna, ampia e vaporosa, sembrava un'onda di petali trattenuta a stento dai fiocchi di organza. Un filo di perle, ricordo della madre Isabelle, le scivolava sul collo candido. Eppure, non era lo sfarzo a farle tremare il respiro, ma il pensiero dei molti occhi che avrebbero giudicato ogni suo gesto, alla ricerca di una futura duchessa, di una baronessa o, come Charlotte nel suo cuore sperava in segreto, di un vero amore.

Charlotte avvertì un lieve brivido lungo la spina dorsale. All'improvviso il profumo di rose selvatiche che aveva scelto le parve un po' troppo

6

audace per l'occasione. Si passò un guanto di seta sul polso nel tentativo di placare l'impeto del cuore, mentre la zia e sua chaperon per la serata, l'impeccabile Lady Dorothea Montague, le lanciava un cenno di incoraggiamento dal pianerottolo inferiore.

In assenza del padre, Lord William Delsey, che si trovava in Francia nel tentativo di rimarginare il dissesto finanziario per mezzo delle terre ereditate dalla moglie, era Lady Dorothea a occuparsi della giovane Charlotte, nella speranza che sopraggiungesse al più presto, per la nipote, una proposta degna di essere presa in considerazione. Ma era consapevole del fatto che purtroppo il carattere orgoglioso e a volte un po' troppo insolente della giovane lady non avrebbe reso facile l'impresa. Aveva già perso le sue prime stagioni, proprio per questo motivo.

Charlotte rammentò chiaramente le parole che la zia, nel corso dei giorni precedenti, aveva continuato a ripeterle senza sosta, nella speranza che si insinuassero una volta per tutte nella sua mente.

"Ricorda bene, mia cara Lottie: un sorriso, un inchino e lascia che siano loro a parlare per primi. Non essere mai troppo audace e intraprendente, piccola mia. Frena sempre i tuoi impulsi e mostrati

7

meno intelligente di quello che sei in realtà. Solo così riuscirai a contrarre un buon matrimonio. E tu sai quanto ne hai bisogno, in questo momento."

Facile a dirsi, pensò Charlotte, stringendo con eccessiva forza il ventaglio di madreperla con entrambe le mani, rischiando quasi di spezzarlo. Frenare gli impulsi. Mostrarsi meno intelligente. Per una serata ci poteva anche provare. Ma poi? Perché sapeva bene che non si sarebbe trattato soltanto di una serata ma... della sua intera esistenza. Sospirò, stringendo appena le labbra. Non aveva scelta, ne era consapevole. Il disastro era prossimo, ormai. E l'impresa di suo padre in Francia non sembrava ancora destinata al successo. Così decise di farsi coraggio e percorrere i gradini che la separavano dal salone.

Proprio mentre le note di un valzer di Strauss si levavano dall'orchestra, un'altra figura varcò il portale del salone, catturando gli sguardi di molti curiosi e altrettanti bisbigli sommessi.

Lord Richard Greenwood, il nuovo Marchese di Halstead dopo la morte del padre qualche anno addietro, percorse con passo misurato la distanza che lo separava dal centro della sala. Da tempo aveva abbandonato la spada di ufficiale di cavalleria, ma la sua postura era sempre dritta e determinata. Ventisei anni, alto e con le spalle ampie, il suo volto e il suo corpo emanavano un'aura magnetica ma allo stesso tempo distante, quasi assente. La chioma corvina, disciplinata ma allo stesso tempo indocile, incorniciava un volto severo: zigomi scolpiti, naso dritto, bocca ferma che raramente cedeva al sorriso. Solo gli occhi, grigi ma spruzzati di minuscole pagliuzze d'argento, rivelavano una tempesta di pensieri che nessun osservatore improvvisato sarebbe stato in grado di decifrare.

Sempre elegante ma senza compiacimenti per la propria figura imponente, emanava un lieve alone di mistero, riguardante principalmente il suo passato che veniva descritto come "poco limpido", se non addirittura "oscuro". Si trattava per lo più di sussurri e vaghe accuse riguardanti il suo carattere un po' troppo impetuoso che avrebbe condotto a un duello finito in tragedia, di debiti d'onore pagati in un silenzio quasi spettrale, di libertinaggio e, per finire, di un suo ritiro improvviso nella tenuta di Halstead, nel Northamptonshire, che il giovane marchese aveva abbandonato senza troppi scrupoli da prima delle morte del padre.

Nulla di davvero provato, almeno per il momento, ma più che sufficiente a far dilatare le pupille delle dame in cerca di brividi e di scandali da raccontare, trascinandosi da un salotto all'altro.

Richard, dal canto suo, considerava quella serata, come le poche altre che l'avevano preceduta nel corso delle ultime settimane, una formalità necessaria per tentare di reintegrarsi, anche se controvoglia, nell'alta società vittoriana. Formalità che alcuni buoni amici di famiglia, come il Colonnello Jonathan Gainsborough e Lady Mathilde, Duchessa di Devonshire e grande amica della sua defunta madre, avevano auspicato e incoraggiato, da parte sua. Come lo era l'obbligo di assicurare al suo casato qualche alleanza conveniente, calmare gli avvoltoi dei salotti, trovare forse un barlume di pace e serenità in una vita fin troppo segnata dalle ombre.

Mentre si sfilava i guanti e si avvicinava per salutare il Visconte di Shrewsbury, un vecchio amico del padre, percepì un delizioso profumo di rose selvatiche che danzava lieve nell'aria. Delicato, forse insolito fra tante altre fragranze più avvolgenti e penetranti, ma ben distinguibile. Si voltò alla ricerca dell'origine di quel profumo e, tra le coppie che ruotavano sul parquet, scorse la giovane dama vestita di rosa a metà della scalinata. Gli parve di riconoscerla, ma aveva bisogno di conferme. Troppi anni erano trascorsi e Richard da tempo non aveva più varcato il portale di quel salone. Puntò lo sguardo incuriosito, in attesa, prima di decidersi a muovere qualche passo proprio nella sua direzione.

Chiunque fosse quella giovane dall'aria dolce e delicata, doveva avvicinarsi, provare a parlarle. Fare in modo di presentarsi a lei, prima che un altro gentiluomo lo precedesse, sottraendogli il gusto di assaporare quella deliziosa rosa appena sbocciata.

CAPITOLO 2

Quando Charlotte raggiunse gli ultimi gradini della scalinata, il fragore sempre più intenso delle voci vibrò intorno a lei. La giovane trattenne un sospiro inquieto, guardandosi intorno.

Il Duca di Warminster, animoso e canuto, con più titoli che capelli, si fece avanti all'istante a una velocità inaudita considerata l'andatura traballante e, con l'approvazione di Lady Dorothea, fu il primo a reclamare un minuetto alla deliziosa Lady Charlotte. Iniziò a parlare incessantemente di genealogie e di antiche famiglie (tra cui quella a cui lui stesso apparteneva era una delle più importanti e prestigiose), senza mai interrompersi, convinto di affascinarla. Charlotte annuiva e lo ascoltava con cortesia, dimostrando uno sconfinato spirito di sopportazione, ma il suo sguardo intanto vagava altrove, trepidante. In cerca di qualcuno.

Lo aveva intercettato e riconosciuto subito, anche se l'ultima volta che lo aveva visto era poco più di una ragazzina e di certo lui, di qualche anno più grande, non aveva fatto caso a lei, preso com'era da dame più avvenenti e mature. Ma questa volta, forse, tutto sarebbe stato diverso. Charlotte aveva anche notato il suo tentativo di avvicinarsi dal fondo del salone, ma il Duca di Warminster, con la sua boria e le sue manie di grandezza, lo aveva preceduto, sottraendola a un incontro che le stava facendo palpitare il cuore nel petto.

«Il Duca di Warminster è un ottimo partito.» Fu il commento di Lady Dorothea, appena Charlotte riuscì a sfuggirgli con la scusa di riprendere fiato per tornare a posizionarsi accanto alla zia. «Vedovo e senza figli, è in cerca di una giovane che possa produrre un erede.»

«Per quanto mi riguarda può continuare a cercare!» replicò Charlotte, prima di riuscire a trattenersi. Nel frattempo, continuava a sollevare il mento e ad alzarsi sulla punta dei piedi, per guardarsi intorno nel salone. Ma il centro del suo interesse sembrava svanito nel nulla, al momento. «Perché quella povera giovane sventurata non sarò io! Non vorrei produrre proprio nulla, insieme a lui.»

«Lottie! Non essere indisponente.» Zia Dorothea sgranò gli occhi chiari, per indurla alla moderazione. «Abbassa la voce, per favore. E smetti di guardarti intorno in modo così sfacciato. Trattieniti, rischi di attirare l'attenzione.»

«Ma cara zia... non è proprio questo lo scopo della serata?»

13

Zia Dorothea sospirò, alzando gli occhi al cielo. Charlotte era incorreggibile, lo era sempre stata, nonostante tutti gli insegnamenti ricevuti e il codice di comportamento che le era stato impartito. Non ci sarebbe stato modo di fermarla, l'unica cosa che poteva sperare, per lei, era evitare il peggio.

Nonostante avesse promesso di trattenersi, anche nel corso dei balli successivi, fra un inchino, un giro di valzer e una stretta di mano, Charlotte si ritrovò a cercare incessantemente il viso serio di Lord Richard Greenwood, il marchese di Halstead, che aveva notato fin dalla sua comparsa. Si era rifugiato in un angolo della sala, preso dalla conversazione con un altro gentiluomo, ma ogni volta che i loro occhi si sfioravano, anche solo per un rapido istante, Charlotte avvertiva un'indomabile vampata alle guance, come se l'aria della sala si fosse fatta all'improvviso troppo calda per lei, quasi insopportabile. Così, in preda a una vergogna che era consapevole non sarebbe riuscita a controllare, costrinse se stessa a distogliersi da lui e a riprendere il discorso con chiunque reclamasse le sue attenzioni.

Il successivo danzatore, un giovane barone ansioso e sudaticcio, rischiò quasi di pestarle l'orlo del vestito e di farla inciampare. Si scusò impacciato e Charlotte lo discolpò con un sorriso

14

bonario, ma all'improvviso percepì uno sguardo attento su di lei dalla fila degli spettatori. Uno sguardo che finalmente era rivolto a lei soltanto e che la fece fremere dalla testa ai piedi.

Richard Greenwood ora rimasto solo e, appoggiato con nonchalance a un pilastro di marmo avorio, la stava osservando con attenzione, seguendo le sue peripezie nel valzer con il barone. Charlotte notò che le sue labbra si erano piegate con un'ombra di ironia, ma gli occhi del marchese lucevano di sincera solidarietà. Come se comprendesse il suo stato d'animo e fosse partecipe del suo imbarazzante disagio.

Quando, alla fine del valzer, l'orchestra attaccò una mazurca, Charlotte colse il pretesto per abbandonare momentaneamente la pista da ballo e dirigersi, a passo rapido prima di essere di nuovo bloccata, verso il giardino d'inverno, un santuario di quiete fra palme in vaso e orchidee tropicali. Il polso le pulsava in modo frenetico, si sentiva affannata ma soprattutto confusa. E sapeva bene chi era il responsabile del suo stato di agitazione. Lo stesso uomo, l'unico, che le aveva fatto fremere il cuore anni prima. Di norma era perfettamente in grado di trattenersi, di controllarsi, anche di fronte a uomini attraenti o troppo audaci. Ma, evidentemente, l'effetto che Richard Greenwood

15

produceva su di lei sfuggiva da ogni possibile controllo. Quindi a Charlotte non restava altro che fuggire o arrendersi all'evidenza, prima di cedere e cadere in una trappola in cui non vedeva l'ora di restare incastrata.

"Respira, Lottie, controllati e respira" si comandò mentalmente, inspirando il profumo dei fiori esotici. "Non puoi cedere così. Non puoi lasciare che tutti se ne accorgano. Soprattutto... non puoi lasciare che *lui* se ne accorga!"

Ma nel frattempo un fruscio alle spalle la fece sussultare. E si trattava proprio del protagonista assoluto dei suoi pensieri.

«Perdonate l'ardire, milady. Mi sembrate stanca e accaldata, volevo solo accertarmi che andasse tutto bene. Per questo mi sono permesso di portarvi un bicchiere di limonata fresca.»

La voce di Richard Greenwood era vellutata, ma con una punta di ruvidezza che le provocò un fremito lungo la spina dorsale. Charlotte, colta alla sprovvista, incontrò quegli occhi tempestosi, ora a distanza ravvicinata. Così notò un segno sottile che prima non c'era, altrimenti lo avrebbe ricordato. Era come una cicatrice, sul lato destro del mento, appena percettibile sotto la rasatura perfetta.

«Lord Greenwood…» mormorò, abbassando lo sguardo per un battito di ciglia e rivolgendogli un breve inchino.

«Vedo che vi ricordate di me, Lady Delsey.»

Ovvio che si ricordava di lui. Aveva fantasticato su quell'uomo dalla prima volta che lo aveva incontrato. Ma questo lui non poteva saperlo.

Quando Charlotte rialzò lo sguardo, spinta in parte dal coraggio ma soprattutto dalla curiosità, vinse la timidezza e accolse il bicchiere che il marchese le offriva, sorseggiando piano la limonata fresca. Però doveva tenere bene in mente i consigli di zia Dorothea. Per questa volta si sarebbe attenuta alle regole. O almeno ci avrebbe provato.

"Ricorda bene, mia cara Lottie: un sorriso, un inchino e lascia che siano loro a parlare per primi. Non essere mai troppo audace e intraprendente..." E poi, che altro?

Oh, insomma! Lui aveva parlato per primo, poi lei un piccolo inchino lo aveva fatto. Ora doveva sorridere. E poi? Non le importava, non voleva che lui la considerasse una sciocca, anche se forse in fondo le sarebbe convenuto, come diceva la zia.

«Vi ringrazio del gentile pensiero, Lord Greenwood.» Doveva proseguire la conversazione, in qualche modo. «Temo che un salone affollato possa rivelarsi un pericoloso campo di battaglia, soprattutto se si indossano abiti di seta ingombranti.»

Il sorriso che Richard le rivolse fu rapido, fugace come un crinale illuminato da un lampo.

«Lo sospettavo. Eppure, se mi permettete l'osservazione, la seta ha saputo mantenere intatta la propria grazia su di voi. Cosa che purtroppo non si può dire di tutti i cavalieri presenti questa sera.»

Una nota di malizioso divertimento balenò tra loro. Charlotte percepì la consistenza del ventaglio sotto le dita, l'aroma che proveniva dalla lozione da barba del marchese da cui si sentiva avvolgere, il suono ritmico di un orologio a pendolo nell'atrio. Era come se i suoi sensi si fossero all'improvviso acutizzati. Ma, allo stesso tempo, tutto il resto, i pettegolezzi, gli obblighi, la zia Dorothea con i suoi consigli di comportamento, si dissolse in un vago brusio, sempre più distante, ininfluente. Permase in lei solo la consapevolezza di un'inattesa e simultanea complicità, tanto auspicata nel suo cuore ma mai sperimentata prima, con nessun altro.

«Vi ringrazio per le vostre premure, milord, ma non vorrei sottrarvi per troppo tempo alla compagnia delle altre ospiti presenti alla serata.»

«Vi confesserò un segreto, Lady Delsey. Preferisco la compagnia di qualcuno che sembri più interessato alle stelle che splendono nel cielo in una serata di maggio, invece che alle mie probabili o improbabili rendite.»

Charlotte arrossì, senza riuscire a trattenere quella vampata di calore che le era risalita fino alle guance. Quindi era questo che lui credeva? Forse era a conoscenza della situazione dei Delsey e magari immaginava anche la pressione a cui era costantemente sottoposta perché trovasse un marito al più presto. In ogni caso nessuno, prima di quel momento, le era sembrato in grado di leggerle dentro con una tale audacia. Si ritrovò a pensare che, forse, quegli occhi dello stesso colore di un cielo tempestoso avrebbero potuto comprendere cose che lei non aveva mai osato esprimere ad alta voce.

Però proprio sul più bello, come un temporale che guasta la quiete prima dell'alba, la voce acuta di Lady Dorothea giunse a reclamare la nipote.

«Charlotte, tesoro, il Conte di Hartley ti sta cercando, ti attende per la quadriglia! Aveva prenotato il suo ballo, appena arrivato.»

La zia si fermò a pochi passi da loro, posando su Lord Greenwood e poi su di lei il suo sguardo tranquillo ma severo, velato da un tacito rimprovero. Non poteva restare da sola con un uomo come il marchese, senza rischiare di compromettere la propria reputazione. Charlotte

19

scorse in Richard un repentino irrigidirsi, quasi a proteggere un segreto già minacciato troppe volte. In ogni caso si inchinò, con impeccabile cortesia.

«Avrò cura di restare nei paraggi, milady» sussurrò lui, rivolgendosi direttamente a Charlotte e negli occhi gli balenò una promessa che neutralizzò il disappunto di doverla cedere a un altro.

Charlotte si lasciò guidare via da zia Dorothea, ma ogni passo verso la pista le costò più di quanto fosse disposta ad ammettere. Le sembrò che la stessero allontanando da un luogo dove avvertiva di essere, per la prima volta, realmente vista.

I violini la ingabbiarono di nuovo in un'armonia che sembrava risuonare in modo del tutto stonato dentro di lei. Intanto le mani del conte, tiepide e sudate, la facevano volteggiare seguendo i passi studiati della quadriglia. Eppure, nel petto di Charlotte, qualcosa danzava a un ritmo più implacabile, quasi selvaggio. Un ricordo che dal passato era rimasto in vita dentro di lei, l'ammirazione nei confronti di quel giovane ufficiale, Richard Greenwood. Poi, più recente, quel frammento di risate trattenute fra le felci e le orchidee, uno sguardo argenteo che forse avrebbe potuto accogliere la sua fragilità senza giudicarla, senza osteggiarla.

20

Molto più tardi, una volta terminata la serata, quando le note sfumarono in un lieve crepitio e l'aurora minacciava ormai di incombere il cielo di Londra, Charlotte si sciolse i lunghi capelli ramati davanti allo specchio della sua stanza. Sottovoce, ripeté il nome "Richard", assaporandolo sulle labbra, come un frutto proibito ma delizioso, di cui si sarebbe voluta al più presto nutrire fino a saziarsene.

Nello stesso momento, lontano da lei, nella sua abitazione londinese di Grosvenor Street, Richard Greenwood sedeva davanti a un caminetto spento, con la mano che tratteneva un bicchiere di brandy semivuoto. Fra le fiamme invisibili che credeva ormai spente per sempre, scorse il bagliore di due intense iridi blu e udì il lieve fruscìo di un abito di seta rosa. Il tutto accompagnato da quel profumo distinguibile, unico al mondo, di rosa selvatica. Un pensiero lo attraversò, limpido ma allo stesso tempo inquietante. Se il destino poteva ancora scrivere la parola speranza, lo aveva fatto proprio nel corso di quella serata, avvolgendolo in petali di rosa e nel profumo di primavera della giovane e seducente Charlotte Delsey.

Così, mentre la città si placava sotto la luce madreperla del mattino, due cuori distanti batterono, per la prima volta, all'unisono. Nessuno dei due poteva ancora saperlo, ma la loro storia, fitta di ostacoli, segreti e promesse, aveva appena mosso il primo, irrevocabile passo.

CAPITOLO 3

Halstead Park, 14 maggio 1875

L'eco di un corno da caccia si levò fra le brume d'argento che stillavano sui colli di Halstead Park, un vasto dominio nel Northamptonshire dove le siepi di biancospino erano cosparse di rugiada e i roveri innalzavano braccia nodose verso il cielo livido. Gli zoccoli vibravano come tamburi sul terreno soffice e l'alito caldo dei cavalli si dissolveva in nuvole opalescenti.

Lady Charlotte Delsey, avvolta in una giacca da equitazione color visone, cavalcava all'amazzone una giumenta purosangue di nome Étoile, dal manto morello lucente. La giovane stava cercando di fare del suo meglio per dominare le sue emozioni più che per riuscire a gestire l'animale, che comunque si lasciava guidare con estrema dolcezza.

La caccia alla volpe, probabilmente solo un pretesto in questo caso ma comunque considerata un rito mondano, era stata proposta da Lord Richard Greenwood con un garbo inatteso, dopo l'invito che il marchese aveva esteso a buona parte della società londinese, tra cui Lady Delsey e sua zia, Lady

23

Montague, in occasione della riapertura ufficiale della sua tenuta di Halstead Park. Sebbene Lady Montague fosse scettica sul fatto che fosse appropriato o meno accettare l'invito, non era riuscita a trovare, con immensa gioia della nipote, motivi sufficientemente validi per rifiutare.

Le parole del marchese appena era giunta alla tenuta, solo il giorno prima, risuonavano ancora nella mente di Charlotte.

«Sono certo che i vostri occhi non attendono altro che assistere al sorgere del sole, non solo da un balcone di Mayfair, Lady Delsey. L'alba a Halstead Park possiede colori spettacolari.»

Lord Greenwood aveva davvero ragione. Così, mentre Londra riposava ancora nel chiarore di un'alba tardiva, Charlotte si era svegliata nella tenuta appartenente da generazioni al Marchese di Halstead e ora, al galoppo fra i campi chiazzati della brughiera, sentiva il sangue scorrerle più rapido nelle vene di quando danzava una qualunque quadriglia.

A guidare il drappello, in giacca cremisi e stivali lucidi, c'era il colonnello Jonathan Gainsborough. Era stato proprio lui a consigliare a Richard di riunire un buon numero di persone a Halstead Park, in modo tale da rinsaldare antiche amicizie e crearsene di nuove. Maestro di Caccia dell'intera contea e veterano di Crimea era un fedele amico di famiglia dei Greenwood. Il suo volto austero e dai lineamenti piuttosto marcati recava il segno inconfondibile di una sciabolata. Tuttavia, gli occhi color smeraldo erano colmi dell'entusiasmo di un ragazzino. Seguivano i beagle di Halstead, che abbaiavano festanti intorno al marchese e ai suoi ospiti.

Fra i cavalieri spiccava Lord Roger Pembroke, un giovane visconte dal sorriso pronto ma dall'ambizione ancora più rapace. Con il suo sguardo audace, sembrava voler annunciare al mondo che egli, e non altri, si riteneva il pretendente più accreditato a sposare la splendida rosa sbocciata, Lady Charlotte Delsey.

Sulla sinistra, Sir Reginald Danvers, baronetto delle Midlands poco più che ventenne, mostrava in volto l'inquieto rossore di chi lotta per restare in sella più che per conquistare la mano di una dama. Alle loro spalle, le risate argentine di Lady Annabeth Beaumont e della sua dama di compagnia aggiungevano un contrappunto di civetteria. La giovane, bionda e minuta, brillava per charme e teneva lo sguardo puntato sul Marchese di Halstead, ma i suoi occhi chiari celavano appena una sottile gelosia verso la bellezza eterea di Charlotte.

«Mi sembrate timorosa, Lady Charlotte.» Così Annabeth cercò di metterla in difficoltà sfruttando un suo punto debole, nonostante le si rivolgesse con cortesia. «Non siete abituata a cavalcare in campagna?»

«No, non lo sono, Lady Annabeth.» Charlotte replicò, cercando di mantenere la calma per non lasciarsi influenzare. Era consapevole dei rischi, ma aveva accettato comunque di partecipare e non si sarebbe arresa tanto facilmente. «Ma sono dell'idea che tutto si possa imparare, con la sufficiente dedizione.»

Quando il segnale partì, due note acute dal corno e uno sventolio di frustino, le cavalcature scattarono frementi controvento. Charlotte sentì Étoile vibrare e per un istante le si spezzò il fiato. Il vento le tese i nastri del cappello di feltro e una ciocca color rame si liberò, frustandole la guancia con una sensualità sfrontata. Richard, come per proteggerla da eventuali incertezze, si posizionò subito al suo fianco sullo stallone nero chiamato Midnight Tempest, con il mantello increspato e gli occhi fiammeggianti.

Le dita guantate di Richard reggevano le redini con fermezza, ma quando Charlotte dovette affrontare un piccolo fossato, egli piegò leggermente il busto, come a infonderle coraggio.

«Non abbiate timore, Lady Delsey. Affidatevi al ritmo del respiro, non a quello della paura. Confidate in voi stessa e nella vostra abilità, così infonderete sicurezza anche al cavallo. In questo modo vi assicuro che supererete tutto senza difficoltà.»

Charlotte annuì convinta alle istruzioni del marchese, poi saltò senza timore. Nel breve attimo sospeso fra il suolo e il cielo le sembrò di volare davvero e l'urlo dei cani, la nota del corno, l'odore umido di muschio si fusero in una sinfonia che la sua abituale vita di salotto non avrebbe mai potuto offrirle. Halstead Park era tutto un altro mondo e lei ne era consapevole.

Atterrò con un tonfo elastico e un riso liberatorio e vivace le sgorgò dal petto, squassando le rigide norme vittoriane più di un colpo di sciabola. Richard, per un istante, si lasciò contagiare da quel suono cristallino e le mostrò un sorriso luminoso, un evento davvero raro per lui, soprattutto nel corso degli ultimi anni. Charlotte se ne accorse e un pizzico di tenerezza le trafisse il cuore per l'emozione. Forse, anche senza una vera intenzione, era riuscita nell'impresa di oltrepassare e vincere quella che, nei salotti londinesi, veniva descritta come la "leggendaria freddezza" del Marchese di Halstead.

Terminata la corsa, il gruppo si ricompose. Con segreta gioia di Charlotte, la volpe era loro sfuggita grazie a un provvidenziale groviglio di ginestre. Così, su indicazione di Richard, si diressero tutti verso l'orangerie di Halstead Park, un magnifico edificio di vetri e ghisa eretto molti anni prima dal precedente Marchese di Halstead, Lord Gregory Greenwood, il padre di Richard. L'interno ospitava agrumi, camelie e orchidee importate dalle Indie. Lì furono serviti un dolce allo zabaione e panini ripieni su tovaglie damascate.

Charlotte si concesse una tazza di tè insieme al dolce. Proprio in quel momento Lord Roger Pembroke le si avvicinò con uno zelo tale da creare un certo imbarazzo per il rischio di rovesciare buona parte del rinfresco.

«Lady Delsey, scommetterei che l'adrenalina della caccia vi ha acceso le guance di un rosa più vivido dei più meravigliosi petali del vostro fiore preferito.»

Charlotte si schiarì la gola per non ridere troppo apertamente. Il giovane Pembroke era decisamente maldestro e nel trambusto si era persa metà del senso della sua frase. Accennò comunque un sorriso e rispose con garbo.

«Vi ringrazio, Lord Pembroke.» Non seppe che altro aggiungere senza sembrare ironica o maleducata.

Ma subito dopo il suo sguardo tornò, irresistibilmente, su Richard che si trovava poco distante e sembrava preso da una conversazione piuttosto accesa con il Colonnello Gainsborough. Le parve di notare allora, sotto la giacca da caccia del marchese, la fugace contrazione di un muscolo della spalla sinistra, come se l'accenno di un dolore lo mordesse al ricordo di movimenti bruschi in una fitta momentanea. La contrazione fu seguita da una smorfia dolorosa sul suo bel volto, anche se appena accennata.

La curiosità prese a pulsare dentro al petto di Charlotte. Qual era l'origine di quella rigidità? O forse era stata soltanto una sua impressione, frutto della sua fantasia?

No, non poteva essere. Lo spirito di osservazione di Charlotte difficilmente la tradiva. Qualunque cosa fosse, aveva ancora un po' di tempo. Soprattutto aveva l'occasione per avvicinarsi ancora di più a Richard Greenwood e scoprire di più sul suo conto. E di certo non l'avrebbe persa.

***

29

I due giorni successivi furono un mosaico di lunghe passeggiate nei giardini terrazzati di Halstead Park, con zia Dorothea e le altre dame presenti. Ma l'attenzione di Charlotte persisteva inarrestabile sul loro affascinante ospite, l'inafferrabile Lord Greenwood. La sua impressione fu che il marchese ricambiasse lo stesso interesse nei suoi confronti, ma avrebbe desiderato un ulteriore avvicinamento a lui, una confidenza ancora lontana dal manifestarsi.

Il tempo, non del tutto stabile, alternava cieli turchesi a scrosci improvvisi. Così, proprio quella sera, un rovescio li sorprese, insieme a pochi altri partecipanti alla passeggiata. Fra i viali alberati i due trovarono riparo sotto un pergolato d'edera che gocciolava di una pioggia sottile. Nonostante cercasse di trattenersi, le spalle di Charlotte tremavano dal freddo. Richard, senza dire una parola, si sfilò la mantella e gliela posò sulle spalle. In questo modo, le dita di Charlotte sfiorarono, in segno di ringraziamento, il dorso della mano dell'uomo. Per entrambi il contatto provocò un brivido, troppo breve, ma allo stesso tempo fin troppo intenso ed eloquente.

«Non dovreste mettervi nella pericolosa condizione di prendervi una polmonite, milord» mormorò Charlotte, puntando su di lui gli occhi blu. «E di acutizzare certe fitte muscolari o alle ossa…»

«I miei polmoni, muscoli e ossa hanno conosciuto ben altre intemperie, milady.»

«Capisco. Allora spero che possiate guarire al più presto, Lord Greenwood.»

Richard corrucciò la fronte, poi sollevò lento lo sguardo su di lei. Alcune gocce di pioggia gli scivolavano lievi dai capelli corvini sulla fronte e come gemme sulle lunghe ciglia.

«La verità...» Strinse le labbra in una smorfia, come se si sforzasse per trattenersi. Charlotte socchiuse leggermente gli occhi e gli sfiorò la mano, per indurlo a proseguire. «La verità è che ho imparato che buona parte delle ferite del corpo lasciano soltanto un vago ricordo e si rimarginano più in fretta di quelle dell'anima. Ed è comunque una cosa che non auguro proprio a nessuno, Charlotte.»

Era la prima volta che pronunciava il suo nome senza alcun titolo. E con quell'enfasi, soprattutto. Nel tintinnio dell'acqua Charlotte colse, nelle sue parole, una confessione implicita: la guerra, e forse qualcosa di addirittura peggiore, aveva lasciato solchi in quell'uomo all'apparenza così forte, così determinato. Forse solchi non così visibili apertamente e che andavano al di là di qualche fitta momentanea, ma comunque profondi.

31

Pochi minuti dopo, quando cessò di piovere, Charlotte e Richard si ritirarono, insieme agli altri ospiti, all'interno della tenuta e non ripresero più la conversazione. Charlotte ebbe anzi l'impressione che il marchese tentasse di evitarla o di restare nelle sue vicinanze solo in presenza di altre persone, come se volesse evitare ulteriori confidenze.

Però, quelle voci riguardanti Richard Greenwood, l'esercito e la guerra non fecero altro che intensificarsi nella mente della giovane donna, ormai in fibrillazione, stimolando sempre più la sua immaginazione e la sua necessità di scoprire la verità e di indagare sull'uomo che da tempo aveva attratto la sua attenzione.

Quella notte stessa, Charlotte restò sveglia a fissare il soffitto mentre una quantità infinita di domande ancora senza risposta si facevano strada tra i suoi pensieri e i drappeggi che rivestivano la stanza.

All'improvviso si alzò di scatto dal letto a baldacchino e si guardò intorno, incerta sul da farsi ma decisa a scoprire qualcosa. Forse avrebbe dovuto restare tranquilla nel suo letto, cercare di dormire in un modo o nell'altro. Fece così un ulteriore sforzo per appisolarsi, senza riuscirci. Si trovava proprio a Halstead Park, la tenuta di Lord Greenwood. Magari i suoi tentativi sarebbero andati a vuoto, ma non poteva lasciarsi sfuggire l'occasione di scoprire qualcosa sul suo conto.

Spazientita, accese una candela, indossò la vestaglia e percorse la sua stanza, fino alla porta. L'aprì lentamente e si affacciò, guardando con attenzione da entrambi i lati. Il silenzio assoluto dominava il corridoio e lo spazio circostante. Charlotte raccolse coraggio e intraprendenza, si avviò in punta di piedi e, percorrendo la scalinata, raggiunse il pian terreno e poi la biblioteca della villa che Lord Greenwood aveva già mostrato ai suoi ospiti nei giorni precedenti. Magari un libro l'avrebbe aiutata a trascorrere un po' di tempo, in attesa del sonno che non ne voleva sapere di arrivare.

Aprì la porta della biblioteca, la oltrepassò e la richiuse alle sue spalle. Si mosse con lentezza, avvicinandosi agli scaffali stracolmi di libri e percorrendoli uno dopo l'altro. Non aveva davvero voglia di leggere, non quella notte. Era più che altro curiosa, con uno strano senso di apprensione che le premeva nel petto. Sbuffò, scuotendo appena la testa. Avrebbe voluto che lui fosse lì, avrebbe desiderato parlargli, sapere di più, svelare i segreti di Richard Greenwood ed entrare a far parte del suo mondo.

All'improvviso, posando la mano su uno dei ripiani, si rese conto che questo non era stabile ma, spostandolo e incoraggiando il movimento, concedeva l'accesso a una stanza più piccola, come uno studio privato.

Charlotte sospirò e si morse le labbra. Cosa stava facendo? Non poteva davvero entrare lì dentro. Già era stato un errore abbandonare la sua stanza in piena notte! No, non avrebbe dovuto trovarsi lì. Si stava intromettendo nella vita del marchese, nelle sue faccende private. E se lui l'avesse sorpresa a rovistare? Probabilmente non l'avrebbe mai perdonata.

Si strinse le mani al petto, voltandosi verso l'apertura che dalla biblioteca portava verso lo studio. Poteva ancora tornare sui suoi passi, uscire dalla biblioteca principale e poi risalire in silenzio nella sua stanza.

Invece oltrepassò il passaggio, si mosse verso il centro dello studio e rimase ferma a guardarsi ancora intorno, come se una forza superiore alla volontà la stesse trattenendo. Posò lo sguardo sui vari libri di storia militare riposti sulla scrivania. Ovvio che si trattasse del principale interesse di Richard Greenwood. Si riscoprì sempre più coinvolta, da lui e dalla sua vita, da ciò che poteva esserle utile per averlo, per attirarlo a sé. Si passò alcuni volumi tra le mani, uno dopo l'altro, per poi riporli esattamente nella stessa posizione.

Proprio quando stava per rassegnarsi ad abbandonare la stanza, rimproverandosi per la malsana curiosità che l'aveva spinta a frugare nello studio personale del marchese, notò, sotto a uno dei volumi, una strana cartella che sbucava appena. Spostando il libro si accorse che era chiusa. Non osò forzare il lucchetto ma, sollevando un po' il bordo, riuscì a sbirciare l'intestazione della carta che la conteneva. Si trattava di un dispaccio ufficiale del Tribunale della ·Corte Marziale datato il 10 ottobre 1870.

Il semplice lembo bastò a farle serpeggiare nella mente un vortice di pensieri inarrestabili. Cosa nascondeva Richard Greenwood? Cosa c'era di vero nelle dicerie che, per il momento ancora sottovoce ma sempre più insistenti, stavano trapelando sul suo conto?

Charlotte sentì divamparle nel petto un'ombra di vergogna per aver ceduto alla curiosità e all'istinto indagatorio che da sempre faceva parte del suo carattere. Eppure, allo stesso tempo, in lei era nato il desiderio ancora più potente di "salvare" quell'uomo, anche se non sapeva ancora come. E quel desiderio si stava facendo largo in lei, come la sua inarrestabile attrazione nei confronti di Richard Greenwood.

Doveva salvarlo, in un modo o nell'altro. Ma salvarlo da cosa? E da chi?

CAPITOLO 4

Il mattino seguente, durante la colazione nella sala da pranzo ottagonale, Lady Dorothea lesse ad alta voce una lettera proveniente da Londra che le aveva raggiunte proprio lì, ad Halstead Park.

«Sua Grazia, la Duchessa di Devonshire ci invita al tè musicale e al suo prestigioso ballo di mezzanotte, la prossima settimana. Ecco, Lottie, ascolta le parole di Lady Mathilde: *"Si gradirebbe la vostra presenza accanto all'Onorevole Lord Roger Pembroke..."*»

Charlotte deglutì, sospirò, poi si morse appena le labbra rosate. Davvero Lady Mathilde, la Duchessa di Devonshire, aveva espresso quella preferenza per lei? E perché mai la voleva proprio accanto a Lord Pembroke? Sapeva fin troppo bene cosa significava. Ed era consapevole del fatto che anche la zia vedeva in Roger Pembroke una soluzione perfetta per lei. Molto più adatto e più socialmente sicuro di quanto potesse essere Richard Greenwood. Di certo le questioni apparentemente "irrisolte" di Richard non aiutavano la sua causa.

Si sforzò, nonostante tutto, di annuire e di celare il suo disappunto, il suo tormento. Doveva scegliere

37

fra il dovere nei confronti di se stessa e della sua famiglia e l'eco di una passione ancora acerba, nata anni prima ma inarrestabile, che forse però non sarebbe mai sfociata in una vera e propria proposta di matrimonio da parte del Marchese di Halstead.

Richard, seduto alla stessa tavola con gli altri ospiti tra loro, nonostante la distanza sembrò percepire la tensione della giovane donna. I suoi occhi d'acciaio incontrarono quelli blu di Charlotte e lì si posarono per un lungo istante. Un lampo di comprensione muta sembrò passare tra loro, ma a quel punto lui abbassò immediatamente le ciglia, come se all'improvviso fosse stato distratto da qualcosa, da un pensiero o da un ricordo che non era disposto a condividere.

Fu proprio in quel momento che Charlotte iniziò a sospettare. Possibile che Richard fosse al corrente della sua incursione notturna in biblioteca? Che sapesse che lei aveva frugato tra le carte del suo studio privato? No, non poteva essere, si trattava soltanto della sua immaginazione. Altrimenti lui di certo si sarebbe infuriato. E magari avrebbe anche preteso che se ne andasse, che lasciasse Halstead Park all'istante.

Nonostante i timori di Charlotte, la giornata trascorse serena, tra passeggiate nei giardini e chiacchiere con gli altri ospiti della tenuta.

Solo in serata, alla luce tremolante della luna, Charlotte uscì sulla terrazza che dominava il parco, con la scusa di prendere aria, cercando allo stesso tempo un po' di solitudine e tranquillità. In realtà era ben altro il suo scopo. E non aveva potuto fare a meno di seguire l'istinto che determinava buona parte delle sue azioni, insieme al cuore. Soprattutto da quando lui era ricomparso.

Richard si trovava già lì, con le mani congiunte dietro la schiena e la sagoma scura quasi scolpita in controluce.

«Ho indovinato il vostro rifugio, a quanto pare» disse lei con un filo di voce. Doveva tentare la sorte, non aveva alternativa. «Avevate bisogno anche voi di un po' di pace, Lord Greenwood?»

Lui socchiuse gli occhi per un istante, non si voltò subito.

«Come tutti, Lady Delsey.»

«Siete riuscito a trovarla, qui?»

«Le torri più alte permettono di scorgere le tempeste da lontano.» Richard sospirò e sollevò lo sguardo, fissando il cielo. Quel suo modo di scrutare era criptico, come il suo atteggiamento il più delle volte. «Danno l'illusione di poterle domare, in qualche modo.»

«E le vostre...» Charlotte esitò, poi decise di esporsi e proseguire con ciò che avrebbe voluto

39

scoprire. Lui non sembrava comunque particolarmente propenso a confidarsi. «Le vostre tempeste? Riuscite a domarle?»

«Alcune sono al di là di qualunque argine.» Finalmente Richard si arrese, girò il volto verso di lei e la fissò negli occhi, puntandole addosso il suo sguardo audace e risoluto. Le sue guance, segnate dal vento, avevano perso un po' di colore e la cicatrice del mento sembrava quasi più evidente. «Come i malintesi, le dicerie, l'onore macchiato. E la curiosità di chi si avventura nella notte in cerca di misteri.»

«Lord Greenwood, io credo che...» Lo sapeva, allora! Sapeva che lei era entrata in biblioteca e che aveva indagato sul suo conto. «Voglio dire, mi dispiace davvero... Sono terribilmente dispiaciuta di...»

«No, Lady Delsey. Voi non potete credere nulla, per il semplice fatto che non sapete, non siete al corrente della situazione. Forse pensate solo di esserlo. E non è il caso di dispiacersi.»

«Certo, me ne rendo conto. Ma perché non mi spiegate, allora?» Charlotte si mosse, avvicinandosi ancora di più a lui. Era consapevole del fatto che la situazione poteva degenerare ed essere ritenuta compromettente, per lei. Ma non le importava, a quel punto. Anzi, osò ancora di più. Osò pronunciare il suo nome. «Ve ne prego, Richard.»

«E va bene.» Lui non sembrò turbato dal fatto che lei lo avesse chiamato per nome. «Se questo può servire a farvi comprendere quanto disdicevole per voi potrebbe essere la mia vicinanza...» Richard strinse lo sguardo su di lei, con crescente intensità. «Cinque anni fa, in Crimea, ho perso un fratello d'armi in uno scontro che è andato al di là del mio controllo. Un giovane di appena diciotto anni, di cui avevo promesso solennemente di occuparmi, figlio di uno dei migliori amici di mio padre. Nel corso del tempo mi sono fatto valere con le mie azioni, i giudici di guerra mi hanno infine prosciolto da qualunque accusa ma il mio onore, che mi illudevo fosse ancora integro, in realtà mi ha abbandonato per sempre. Da quel momento in poi non sono più riuscito a riabilitarmi completamente. Ho pensato che il mio recente ritorno in società potesse aiutare la mia causa, che questo invito avesse il potere di ristabilire la mia sorte. Ma mi sbagliavo, il mio onore è irrimediabilmente macchiato dall'azione vile di cui sono stato accusato. Sono grato della presenza di pochi fedeli amici che mi sono rimasti accanto, però... non posso davvero pretendere di più. Non da voi, soprattutto. Non ritrovandomi a confronto con rivali più degni di me. Con questo... spero di aver soddisfatto la vostra curiosità.»

Di fronte alla confessione del marchese, così sincera, schietta ed esplicita, Charlotte appoggiò una mano sulla terrazza di pietra per non vacillare. Sollevò l'altra per tentare di sfiorare il suo petto, ma poi si trattenne. Avrebbe voluto dirgli che lo riteneva innocente, che per lei era del tutto impossibile e impensabile che qualcuno lo credesse colpevole, che non esistevano rivali che avrebbero potuto contendergli il suo cuore. Invece si trattenne per non sopraffarlo con la sua irruenza, rischiando di perdere per sempre il suo rispetto.

«Io credo che chiunque abbia vissuto la guerra porterà per sempre addosso delle ferite invisibili» sussurrò con dolcezza, cercando un modo più sottile per confortarlo e fargli sentire la sua vicinanza. «Se posso... io vorrei aiutarvi a curarle, in qualche modo. In qualsiasi modo.»

Probabilmente aveva esagerato. Magari lui avrebbe frainteso quel suo "in qualsiasi modo". Avrebbe creduto che gli si stesse offrendo come amante?

Richard fece un passo verso di lei, spezzando ancora di più la distanza tra loro.

«Sarebbe ingiusto, Charlotte. Ingiusto per voi e per il destino radioso che vi aspetta. Sono certo che vostro padre e vostra zia sarebbero d'accordo con me. Voi meritate un futuro privo di macchie che potrebbero riemergere da un momento all'altro, di cicatrici talmente profonde che non potranno essere curate.»

«Forse la mia vita non potrà essere così candida e radiosa se sarò costretta a barattare il mio cuore per salvare le casse di famiglia» replicò, con inaudita franchezza. Nemmeno il ritegno e la vergogna riuscirono a trattenerla dall'esporre una verità risaputa ma celata, per quanto possibile. La situazione dei Delsey era nota, le finanze della famiglia erano ancora discretamente considerevoli ma si stavano estinguendo, giorno dopo giorno. Per questo suo padre, Lord William si era recato in Francia. Il suo non era un viaggio di piacere. «Ed è esattamente ciò che mi accadrà, a breve. Lo sapete anche voi, sarebbe inutile negarlo. Tutto il resto, tutto quello che mi circonda... è solo un'insopportabile e crudele finzione che portiamo avanti con il resto del mondo. Una menzogna che prima o poi verrà alla luce.»

Il marchese le tese una mano, la sfiorò appena, ma la ritrasse quasi subito, come se il contatto potesse bruciarlo nel profondo, ben oltre la pelle. Rimase comunque immobile, a fissarla con attenzione.

«Qualunque sia la vostra scelta, vi chiedo solo di non prendere decisioni affrettate. Ne va della vostra felicità e... a me sta a cuore che voi siate felice.»

Charlotte lo guardò negli occhi, senza replicare. Era la prima ammissione, da parte di Richard, di un sentimento nei suoi confronti che forse andava oltre la cortesia.

Poco più sotto, un usignolo notturno intonò un gorgheggio fra i teneri boccioli dei roseti, distraendo entrambi. Era un canto tenue e delicato ma allo stesso tempo tenace e vigoroso, che impresse nel cuore di Charlotte tutta la dolcezza di un momento per lei tanto intimo, prezioso.

«Avete mai notato...» mormorò Charlotte, chinando leggermente il capo «che spesso la natura infrange le proprie regole quando il desiderio diventa più forte della prudenza? Immagino che ne sappia molto più di noi, comuni mortali.»

Charlotte socchiuse gli occhi esprimendo quella considerazione che, al di là di ogni convenienza, rifletteva perfettamente il suo stato d'animo.

«Allora io mi auguro che gli usignoli continuino a cantare per noi, qualunque sia la stagione» ammise Richard mantenendo gli occhi fissi su di lei.

La tensione fra i loro corpi, nel frattempo, era sempre più evidente e combatteva implacabilmente contro il buon senso che entrambi si sforzavano di conservare, per quanto fosse ancora possibile.

«Lo spero anche io» confessò Charlotte in un sussurro, prima di voltarsi infastidita verso l'interno del salone al suono di alcune voci che si avvicinavano alla terrazza. «Lo spero davvero.»

Decise così di scostarsi da lui e di ritirarsi, dopo un breve inchino. Non voleva correre il rischio che qualcuno la sorprendesse completamente sola con il marchese. Non poteva permettere che la sua condotta sconsiderata gettasse ulteriori macchie sulla reputazione di entrambi.

Quella notte, Charlotte si addormentò domandandosi se la fragilità dell'amore potesse resistere all'urto delle convenienze. Nonostante le sue idee e la sua propensione a sfidare le regole, conservava molti dubbi in proposito.

Nel frattempo Richard, nel suo studio privato oltre la biblioteca, aprì la cartella sigillata da tempo. La stessa in cui si era imbattuta la giovane e sprovveduta Charlotte Delsey nel corso del suo vagare notturno attraverso la biblioteca. Alla luce dorata della lampada a petrolio, il dispaccio della Corte Marziale brillò come un monito alle sue azioni.

"Per quanto mi costi tenerla lontana, per quanto avrei voluto che la situazione fosse davvero mutata, non sarò io a trascinarla nel mio abisso" si ripromise, ignaro che, proprio nel tentativo di allontanarla e proteggerla, avrebbe innescato per entrambi una sfida ancor più pericolosa. Più audace per l'anima coraggiosa e temeraria della dolce ma intraprendente Lady Charlotte.

Nel cuore del marchese permaneva l'impressione vivida di una promessa ma anche di una minaccia imminente. L'una sarebbe sbocciata come una rosa a maggio, ma l'altra sarebbe serpeggiata come l'edera rampicante nell'ombra, pronta a stringere e a intrappolare cuori e destini.

CAPITOLO 5

Londra, 21 maggio 1875

Un cielo d'indaco avvolgeva Devonshire House in un'aura di favola. Torce a gas torreggiavano sui pilastri del portico, fiamme fisse come sentinelle di luce. Le carrozze, lucide di una sottile pioggia, si avvicendavano con un tintinnio di finimenti d'argento. Era il ballo della Duchessa di Devonshire, il più ambito dell'intera stagione, ma anche il più audace. Del resto, l'audacia era una delle peculiarità che caratterizzava Lady Mathilde, da sempre. E continuava ad essere così, nonostante l'età ormai avanzata. Un tratto distintivo a cui la duchessa sembrava tenere particolarmente. Il ballo iniziava intorno alle undici e culminava, secondo la tradizione, in un valzer che doveva essere danzato allo scoccare esatto della mezzanotte.

Il salone era pavimentato in parquet di rovere francese e lucidato a specchio per l'occasione. Sulle pareti, arazzi fiamminghi si aprivano a intervalli regolari, intervallati da specchi dorati che moltiplicavano i riflessi di luci e ombre, come in una sorta di avvolgente magia. Sopra il capo degli

47

invitati, un soffitto a cassettoni raffigurava ninfe inseguite da cherubini fra nuvole rosate. Candelieri di cristallo di Boemia, calati su catene d'ottone brunito, tremolavano all'alito caldo di centinaia di candele di cera d'api. L'aria profumava di tuberose e di mughetti mentre l'orchestra ingaggiata per l'occasione aveva iniziato a produrre le prime melodie.

Lady Charlotte Delsey entrò al braccio di sua zia, Lady Dorothea Montague, un poco prima di mezzanotte. Aveva scelto un abito di seta bianca con lievi sfumature perlacee che le scivolava addosso come su una statua d'alabastro. Il corpetto, ricamato con minuscole stelle argentate, sembrava un cielo notturno cucito in modo sorprendente per mettere ancora più in evidenza il suo busto esile. A differenza degli altri ricevimenti, questa volta Charlotte portava i capelli raccolti in morbide onde, con una sola spilla luminosa a forma di luna crescente che le fermava la ciocca sulla tempia sinistra. Gli occhi blu, di solito almeno apparentemente timidi e mesti, quella sera sfavillavano di aspettativa, come se attendessero un'emozione che li avrebbe fatti risplendere ancora di più.

A qualche metro di distanza, Lord Richard Greenwood, Marchese di Halstead, sostava in una nicchia fra due colonne scanalate. Indossava un elegante tight nero, la cravatta era fissata con una spilla di onice. Dalla tasca del panciotto faceva capolino un orologio da tasca in oro. Sul quadrante, la lancetta dei secondi scivolava precisa, segnalando che mancavano appena cinque minuti alla mezzanotte. Né l'attenta postura militare né il volto scolpito del marchese riuscirono a mascherare il lampo d'emozione e di desiderio che guizzò nei suoi occhi grigi quando Charlotte varcò la soglia.

I loro sguardi oltrepassarono le teste piumate e i ventagli che si muovevano a ritmo frenetico nella sala. Richard percepì il battito del cuore risuonargli negli orecchi, Charlotte ebbe l'impressione che il pavimento della sala ondeggiasse proprio come l'oceano di cui aveva letto nei libri di Melville. Non c'era bisogno di altre parole, tra di loro. Tutto ciò che contava era il varco che li separava e che avrebbero voluto superare al più presto.

«Signore e signori...» annunciò un maggiordomo, richiamando l'attenzione di tutti i presenti. «Sua Grazia, la Duchessa di Devonshire, decreta che il valzer di mezzanotte abbia ora inizio!»

Un gong discreto risuonò nel salone. Il direttore dell'orchestra sollevò nuovamente la sua bacchetta mentre gli ospiti in sala trattenevano il fiato.

49

Proprio in quel momento Richard si mosse. In poche falcate tagliò la distanza, con il suo torso eretto, il mento sicuro, ma negli occhi l'urgenza di chi sfida il destino. Charlotte, tendendosi verso di lui, fu travolta dal suo profumo di sandalo e verbena quando egli chinò il capo su di lei. Nel suo cuore la preghiera che lui superasse tutti gli ostacoli che si era imposto e si muovesse prima di chiunque altro per raggiungerla, era stata esaudita.

«Concedereste questo valzer a un uomo che rischia di smarrire la strada per ogni altro orizzonte?»

Insieme all'invito le rivolse un'occhiata audace, tanto che Charlotte sperò che il marchese ci avesse ripensato e non intendesse più cederla a un altro. Un sorriso le spuntò leggero, come il primo bagliore dell'alba che nessuno riesce a frenare.

«Se la smarrite con me, milord, prometto di fare del mio meglio per aiutarvi a ritrovarla.»

Indifferente allo sguardo di Lady Dorothea che sperava di rammentare alla nipote il suggerimento della duchessa nei confronti di Lord Pembroke come miglior pretendente, Charlotte posò la piccola mano in quella del marchese, avvertendone la consistenza leggermente più ruvida sul palmo interno, forse a causa di ferite provocate in remoti campi di battaglia.

Mentre si spostavano verso il centro della sala, la musica partì. Tre quarti, leggeri, come un'onda che li trascinava con sé. Richard la guidò nel vortice di un giro ampio e l'abito di Charlotte disegnò così qualcosa di molto simile a un petalo bianco attorno alle caviglie. Ogni passo era un palpito da entrambi condiviso, ogni respiro un'eco nella cavità più segreta del cuore. La sala, pur gremita di ospiti, si era quasi dissolta ai loro occhi, come se nessuno fosse più presente in mezzo a loro. Non c'erano Lady Dorothea con i suoi consigli accorati né i freddi moralismi di Londra né le chiacchiere, i pettegolezzi che circondavano il nome di Lord Greenwood e che ben presto avrebbero coinvolto anche Charlotte. E nemmeno i sospetti della Corte Marziale o il fardello delle rendite di Lady Delsey, sempre più esigue. C'erano soltanto due cuori che battevano all'unisono, persi l'uno nell'altro, come rapiti in un silenzio che contava più di qualsiasi parola che avrebbero potuto pronunciare.

Fu nel corso del secondo giro di danza che la minaccia, inaspettatamente, si materializzò. Lord Algernon De Vries, Duca di Montcliff, alto, magro, con i capelli neri tirati all'indietro e gli occhi stretti in una fessura arcigna, scivolò in mezzo alla pista quasi senza fare rumore, viscido come un serpente. La sua fama lo precedeva e correva veloce nelle sale: speculatore, strozzino tra i più avidi, nonché l'uomo che, cinque anni prima, aveva capeggiato l'accusa di quel famigerato scontro, incolpando con assoluta convinzione Richard Greenwood dinanzi alla Corte Marziale.

Algernon De Vries possedeva l'arte di rovinare l'onore dei gentiluomini e la reputazione delle dame con la sua meschinità mescolata alle calunnie che diffondeva implacabile sul loro conto, sfruttando qualsiasi occasione. E adesso, senza nemmeno essere invitato ma forte del suo titolo e sicuro dell'influenza che esercitava sulla nobiltà londinese, era tornato a infliggere la sua ostile e detestabile presenza ai partecipanti al ballo.

Il valzer si concluse per un istante di intervallo, mentre l'orchestra, forse confusa dall'imprevisto, stava rallentando il tempo di ripresa. Richard sfiorò la mano di Charlotte e poi la strinse con un tocco leggero, avendo percepito il suo fremito lungo il braccio. Lei sollevò gli occhi su di lui, sorpresa di scorgere il suo sguardo accigliarsi e poi incupirsi. Ma era troppo tardi per evitare il Duca di Montcliff che si trovava ormai a pochi passi da loro.

«Lady Delsey, che piacere rivedervi così radiosa, come un narciso appena sbocciato. Peccato però che, di fronte alla mancanza di sostanze, anche il più bel fiore rischia di mostrare le sue imperfezioni.»

Algernon De Vries, giunto a destinazione e fermo di fronte a loro, esibì un sorriso sottile e allo stesso tempo inquietante. Poi voltò lo sguardo verso Richard. «E voi, Greenwood, sempre incline a rubare i tesori altrui senza chiederne il prezzo? Un giorno dovrete pagare per questo costante affronto, ne siete consapevole?»

Charlotte deglutì e la sua sicurezza vacillò. Di cosa stava parlando il Duca di Montcliff? A cosa si riferiva con "tesori altrui"? Sentì la lama invisibile dell'allusione scivolarle addosso fino a raggiungere lo spazio tra le scapole e le mancò quasi il fiato. Richard, invece, si irrigidì un istante, ma la sua voce rimase ferma.

«Dalle vostre parole, mi rendo conto che le cattive abitudini sono dure a morire, De Vries. Così come le accuse senza fondamento. Ma questa splendida dama non è un tesoro da rubare, è un astro che nessuno potrà mai possedere.»

«Voi state parlando di astri, ma io temo che la vostra orbita vi conduca verso una nuova eclisse, marchese. Fate attenzione.» Il Duca fece un ulteriore passo, abbastanza vicino perché Charlotte potesse percepire il suo odore pesante penetrarle nelle narici. «Pare che si vociferi di nuove prove riguardo a quella vostra... negligenza, chiamiamola così. Documenti finora opportunamente celati ma

53

che, se resi pubblici, vi condurrebbero a un esilio sociale ben più ferreo di quello precedente e attuale. E non ci saranno inviti sontuosi nella vostra tenuta di Halstead Park che possiate tentare nella speranza di ripristinare la vostra posizione sociale. Temo che nemmeno la gentile benevolenza della Duchessa di Devonshire vi aiuterà. Cosa mi rispondete a tal proposito, Greenwood?»

Fu questione di un attimo. Richard lasciò la vita di Charlotte e si spostò quel tanto che bastava a frapporsi come scudo tra lei e De Vries. Nei suoi occhi d'argento saettarono le scintille di una furia che non fu in grado di trattenere né di contenere.

«Attaccate me se vi dà soddisfazione, De Vries, senza mettere di mezzo una signora e le mie amicizie. Il mio onore è pronto a rispondere in qualunque sede e in qualunque momento. Anche stanotte stessa, se lo desiderate.»

CAPITOLO 6

Il Duca di Montcliff, da sempre un abile e sfrontato provocatore, non si aspettava però un contrattacco così frontale e soprattutto così risoluto. Fu costretto a un mezzo passo indietro, urtando lo strascico di una dama alle sue spalle e attirando anche l'attenzione dei pochi che avevano preferito ignorare il suo arrivo al ballo.

Nella calca, Lady Annabeth Beaumont che, nemmeno troppo segretamente, smaniava per Richard da tempo e aveva anni prima respinto le attenzioni del duca, osservò la scena fremente. Lord Roger Pembroke, invece, assaporò l'idea che la reputazione del rivale potesse evaporare del tutto in un soffio e non poté impedire a se stesso di godere dell'accaduto pensando a un fortunato epilogo per se stesso e per la splendida Lady Delsey.

Proprio in quel momento la padrona di casa, la Duchessa di Devonshire, avanzò verso di loro. Alta e regale, con un diadema di zaffiri tra i capelli chiari, fissò Algernon De Vries con uno sguardo glaciale.

«Duca di Montcliff, temo che la musica si sia fermata a causa di un contrattempo. Forse gradireste assistere me e Lady Albany con l'orchestra e magari potreste anche approfittare del buffet prima che non rimanga più nulla di buono da gustare.»

Era un esplicito e anche piuttosto allusivo invito ad allontanarsi dalla scena, nonostante il tono cortese in cui era stato rivolto. L'etichetta non concedeva a nessuno, nemmeno a un duca, il diritto di rovinare un ballo. De Vries serrò le labbra di fronte alla richiesta della duchessa e alla risolutezza con cui era stata presentata, poi sfoderò un inchino tanto profondo quanto falso, tentando di mascherare la furia che gli stava montando nel petto. Lady Mathilde aveva così espresso il suo favore nei confronti di Greenwood. Al momento era costretto a obbedire ma si sarebbe vendicato per questo affronto, alla prima occasione.

«Come desiderate, Vostra Grazia, sono al vostro servizio.» Prima di voltarsi, si aggrappò allo sguardo di Charlotte con un'ultima, velenosa carezza. «Sono certo che ci rivedremo, milady. I peccati del passato bussano sempre due volte e non vengono mai cancellati facilmente. Rammentate le mie parole, nel corso di questa piacevole serata.»

Quando la minaccia si allontanò, insieme ai passi ora pesanti del Duca di Montcliff, Charlotte percepì il sospiro inquieto di Richard. Gli tese la mano, pur mantenendo una certa compostezza nei suoi confronti. Sotto agli sguardi dei presenti, puntati su di loro, non avrebbe potuto agire come avrebbe voluto, facendogli sentire ancora di più la sua vicinanza, il suo sostegno. Si sentiva in trappola e detestava non essere libera di agire, di esprimere i sentimenti che provava in quel momento.

«Milord, state bene?» sussurrò appena, con un tono composto e leggero, in modo che nessun altro potesse udirla. «Posso fare qualcosa per voi?»

«No, Lady Delsey. Le parole di un serpente non riusciranno a mordermi. Mi addolora soltanto che le abbiate subite anche voi e che siate rimasta coinvolta in questa situazione spiacevole.»

La musica ripartì, più dolce e melodiosa che mai. Charlotte avvicinò leggermente il volto al suo, osando rompere per un attimo quella distanza imposta dal decoro.

«Allora riprendiamo il nostro ballo e lasciamo che il serpente in questione invidi ciò che non potrà mai capire. La forza che nasce dalla verità, non dalle calunnie e dai ricatti.»

Richard puntò gli occhi su di lei, su quella giovane donna dolce, ostinata e coraggiosa. Possibile che il giudizio di tutti i presenti le fosse indifferente? Che fosse talmente audace e sfrontata da sfidare i pregiudizi di chi li circondava?

57

Forse avrebbe dovuto allontanarla definitivamente, risponderle con freddezza, in modo da spezzare ogni sua illusione nei suoi confronti. Non ci riuscì, pur sapendo che avrebbe rischiato di coinvolgerla nella sua caduta. E si maledisse per questo, per non riuscire a trovare dentro di sé la forza di respingerla. Ma sarebbe stato un altro ballo. Solo un altro ballo. Poi avrebbe fatto del proprio meglio per lasciarla andare.

Ripresero a ballare, sulle note soavi del valzer successivo. Richard, stavolta, la guidò con un ardimento leggero ma allo stesso tempo vigoroso. A ogni rotazione scioglieva un nodo di tensione tra loro. Il corpetto di Charlotte, sfiorando appena il torace di Richard, tremava di un'emozione tangibile. La giovane donna sentiva il battito forte e costante dell'uomo sotto il panciotto. Lui percepiva la fragranza delicata di rose selvatiche sull'incavo del collo di lei, dove la luce della sua spilla vibrava come una stella viva.

I due erano talmente presi dal ballo e da loro stessi da non rendersi conto di essere tornati, ora più che mai, al centro dell'attenzione generale.

A margine della pista, Lady Dorothea serrò le labbra, stringendo appena gli occhi e analizzando gli eventi a cui aveva appena assistito. La situazione non si stava evolvendo come aveva auspicato e previsto. La Duchessa di Devonshire, incoraggiando l'avvicinamento di Charlotte a Lord Pembroke, non aveva fatto altro che ottenere l'effetto opposto. Iniziava a sospettare che da come aveva mortificato il Duca di Montcliff, seppure con il suo solito garbo, forse il suo scopo fosse proprio questo: favorire Lord Greenwood. E temeva che ormai, conoscendo la testardaggine di Charlotte, fosse troppo tardi per sperare di tornare indietro. La vista di sua nipote così stretta al marchese la preoccupava ma, allo stesso tempo, la commuoveva. Però non poteva permettere che si compromettesse fino a quel punto e rischiasse di sciupare così ogni altra possibilità, di certo molto più conveniente.

Lord Roger Pembroke, in quello stesso istante, fissava la coppia con espressione sdegnata, già riflettendo su come usare la sciabola delle maldicenze scatenate dal Duca di Montcliff contro Richard a suo vantaggio nei vari circoli che frequentava quotidianamente. A tal proposito, era pronto a fare la sua parte per debellare il rivale e conquistare quella fragile e splendida rosa selvaggia, all'apparenza tanto indomabile da stimolare ancora di più la sua eccitazione, il suo desiderio di possederla.

Lady Annabeth Beaumont, per contro, incrociò le braccia e, per la prima volta, avvertì un bruciore che non era soltanto semplice gelosia. Riconobbe la purezza di un sentimento che lei, con tutte le sue doti e il fulgore della sua bellezza, non aveva mai assaporato. La sua attrazione per Richard Greenwood era innegabile. Ma si sarebbe esposta con una tale fermezza, rischiando di compromettere se stessa e il suo buon nome per lui come aveva appena fatto Lady Delsey?

Il Colonnello Jonathan Gainsborough, osservando la pista, mormorò con tono bonario al Visconte di Shrewsbury: «Il Marchese di Halstead, porta ancora i segni della guerra nello sguardo e nel cuore, ma l'amore è il modo migliore per ricostruire un'anima distrutta. Io conto sul fatto che ben presto tutto si risolverà nel migliore dei modi per il nostro giovane amico.»

L'attempato visconte annuì placido, lanciando un'occhiata sottilmente benevola ai giovani danzatori.

«Lo credo anche io. Lord Gregory ne sarebbe felice.»

Quando il valzer sfumò nelle ultime note, le campane di St George-Hanover Square rintoccarono l'una di notte. Il gong della duchessa annunciò un intermezzo per offrire un nuovo rinfresco agli ospiti, ma l'aura magica rimasta sul parquet, al centro della sala, sembrava trattenere ancora le figure di Charlotte e Richard in un riflesso di luce, nel soffio di una promessa.

Richard condusse Charlotte verso una loggia interna, aperta su un cortiletto di aranci. Lì, i suoni e le voci del ballo diventavano più ovattati, come se provenissero da un sogno lontano. Charlotte appoggiò la schiena a una colonna e la pietra, fresca attraverso la seta, placò in parte il bruciore delle sue emozioni. Il marchese le prese la mano e la sollevò con tenerezza.

«Vi chiedo ancora una volta scusa per avervi rovinato la serata con le ombre del mio passato.»

«Non chiedetemi scusa per avermi difesa.» Charlotte sospirò, poi sollevò per un istante lo sguardo verso il cielo e sorrise. «Guardate le stelle. Non si scusano di continuare a brillare anche quando l'oscurità s'infittisce, anzi io credo che lottino sempre per far riemergere la loro luce.» La sua voce ora tremava, ma era per la passione che provava in quel momento, non per la paura. Il cuore, intanto, le batteva nel petto a un ritmo tale che non sarebbe stata più in grado di tenere a bada i suoi sentimenti per lui. «E voi avete brillato, Richard.»

Fu allora che lui ruppe del tutto il muro del rigore che lo teneva ancora serrato, chinandosi a sfiorare con le labbra la seta sul dorso della sua mano. Il bacio, pur castigato dall'etichetta, trasmise alla giovane donna una corrente che le attraversò la spina dorsale. Charlotte, sorpresa del proprio coraggio, rispose stringendo un po' più forte la mano del marchese.

«Richard... qualunque ombra gravi sul vostro passato, sappiate che la luce che ho scorto in voi vale più delle accuse di un uomo ben noto per non farsi alcuno scrupolo pur di infangare il prossimo.» Charlotte tornò a fissarlo negli occhi, con una decisione e un'intraprendenza non comuni. «Per quanto mi riguarda, le parole di quell'uomo non hanno alcun peso. Né ora né mai.»

Richard inspirò, quasi stupito da tanta fiducia nei suoi confronti. Nel suo petto, il senso di colpa e tutte le sensazioni sgradevoli derivanti dalle accuse nei suoi confronti sembrarono meno dolorose. Non era ancora certo che fosse giusto, ma forse avrebbe potuto davvero affrontare tutto, con lei accanto.

«Mi fate un dono prezioso, Charlotte» sussurrò, con la voce arrocchita da un desiderio che stava prendendo sempre più spazio dentro di lui, fino a diventare quasi impossibile da trattenere. «Cercherò di esserne degno.»

Mentre Charlotte e Richard rientravano nella sala, il Duca di Montcliff, rimasto profondamente insoddisfatto dell'esito della serata per il mancato raggiungimento del suo scopo di creare disagio e scompiglio, li scrutava da lontano con uno sguardo gelido. Intanto con l'indice tamburellava sul manico d'avorio del suo bastone da passeggio, custode di segreti che portava sempre con sé e abbandonava raramente, soltanto in luoghi sicuri.

Ma in quell'istante sospeso, quando la musica riprese a scivolare fra i drappeggi, la minaccia restò fuori dal loro cerchio di luce. Charlotte sentì che, se quello era un sogno, desiderava non svegliarsi mai. Richard comprese che l'abbraccio soave della giovane donna e la fiducia che riponeva nei suoi confronti poteva essere ancora più forte del clangore delle armi e delle ferite, fisiche e morali, che non si erano ancora del tutto rimarginate.

Così il ballo di mezzanotte di Devonshire House, con i suoi violini e il suo incenso di tuberose, sigillò la promessa di un legame destinato a sfidare le oscurità più profonde della guerra e del passato.

Al rintocco del secondo gong, la musica si fermò e poi riprese. Ma, nel cuore dei due giovani che avevano danzato come se si scambiassero una tacita promessa d'amore, il destino stava davvero iniziando a delineare un percorso ancora da scrivere. Un percorso che avrebbe potuto condurli verso un futuro finalmente radioso. O verso una totale e devastante disfatta.

CAPITOLO 7

Londra, 10 giugno 1875

Una foschia abbastanza spessa, che sembrava salire dal Tamigi, si strusciava contro i lampioni di Pall Mall in modo quasi spettrale. Avvolta in un mantello grigio scuro, Lady Charlotte Delsey si serrò il cappuccio sul capo, dopo essere scesa dalla carrozza guidata dal vecchio Finley Dwight, fedele servitore della sua famiglia. Poche ciocche ribelli color rame le sfuggirono e gli intensi occhi blu, lucenti di ansia e determinazione, apparivano inquieti, alla ricerca di segreti stagnanti che minacciavano di gettare ombre sulla sua felicità, sul suo destino.

Per quanto fosse così giovane e poco pratica del mondo, di una cosa possedeva la certezza assoluta: non lo avrebbe permesso. Non senza lottare. E, nella sua determinazione, era riuscita a coinvolgere anche sua zia, Lady Dorothea Montague, e a ottenere il suo aiuto, smuovendo alcuni dei contatti del suo defunto marito. Però a patto che si facesse accompagnare dal fidato Finley.

«Io sono davvero in ansia per te, Lottie.» Lady Dorothea era riuscita a trattenere il suo stato d'animo. «Soprattutto ora, che Lord Greenwood è stato formalmente accusato. Sai bene che rischia di perdere tutte le sue proprietà. Forse addirittura il suo titolo!»

«Lo so, zia. Ma io non ho intenzione di arrendermi.» Charlotte le aveva sorriso con dolcezza, posando la mano sulla sua allo scopo di tranquillizzarla. «Per questo vi sarò grata per qualsiasi aiuto vogliate offrirmi.»

Consapevole del temperamento intraprendente della nipote, Lady Dorothea non aveva potuto fare altro che acconsentire. Almeno così sarebbe stata in grado di controllarla, per quanto possibile.

Lo scalone della Public Record Office, imponente come un tempio greco, accolse Charlotte e il suo accompagnatore in un silenzio rotto soltanto dallo stridio delle penne d'acciaio. Tra scaffali che odoravano di colla e pergamena umida, Charlotte avvertì per la prima volta il peso reale e concreto della storia. Quella vera, non celebrata tra le chiacchiere superficiali dei balli, delle passeggiate nei parchi e delle sale da tè, bensì quella che incatena vite innocenti rischiando di spezzarle per sempre. Tutto era nuovo per la giovane e intrepida lady, ma di una cosa era certa: non si sarebbe tirata indietro. Non ora che le accuse mosse da Algernon Vries nei confronti di Richard erano diventate pubbliche, dichiarate, non più solo sussurrate. Charlotte aveva bisogno di comprendere, non si sarebbe rassegnata senza una spiegazione.

«Restate nei paraggi, Finley.» La giovane rivolse un cenno gentile al servitore. «Oppure andate a sedervi, se preferite. Quando avrò bisogno, vi chiamerò.»

«Come desiderate, Lady Delsey.» Finley chinò il capo e acconsentì. In ogni caso aveva promesso a Lady Montague di non perdere di vista la giovane Charlotte. E non lo avrebbe fatto, per nessuna ragione.

Charlotte si mosse rapida verso il banco principale dove sostava Mr. Archibald Pritchard, l'archivista capo. Alto e secco, con i capelli grigi tenuti indietro, portava occhiali cerchiati d'oro su un naso affilato e austero. L'abito di panno marrone emanava un pesante odore di canfora e i guanti tagliati alle dita tradivano un'eleganza rimasta intrappolata nel passato. Si sfiorò per un istante gli occhiali con la punta delle dita, mentre Charlotte si stava avvicinando al bancone.

«Benvenuta, Lady Delsey.» La salutò cordialmente appena lo raggiunse, rivolgendo un cenno quasi impercettibile a Finley che si era

67

fermato poco distante. «Sono Archibald Pritchard, archivista capo. Da quanto mi è stato comunicato, desiderate consultare i registri militari. È così, milady?»

Charlotte annuì e si inumidì le labbra, timorosa che le parole che stava per pronunciare potessero inquietare l'archivista.

«Sì, Mr. Pritchard. È così. Ho necessità di vedere gli atti della Corte Marziale del 10 ottobre 1870. Il caso del Capitano Richard James Greenwood, Quarto Ussari.»

Una piega amara strisciò negli occhi di Pritchard ma, consapevole della sua promessa di aiuto e del fatto che non avrebbe potuto tirarsi indietro, annuì diligentemente controllando il registro delle richieste.

«Se può esservi di qualche utilità, Lady Delsey, da quanto mi risulta qui voi siete la terza persona, in cinque anni, che ne fa richiesta. Vi avverto, parte dei fascicoli risulta riservata per ordine del War Office. E purtroppo non c'è modo di venirne a capo per scoprire altro.»

«È proprio ciò che temevo, Mr. Pritchard.» Charlotte sospirò, stringendo le labbra. «Ma io non ho intenzione di arrendermi.»

Quando l'archivista tornò, dopo pochi minuti, recava tra le mani un fascio di cartelle blu. Lo

68

consegnò alla giovane e la invitò ad accomodarsi perché potesse studiarne con calma il contenuto. Charlotte lo ringraziò per la premura e concesse a Finley, che non si era allontanato da lei, una breve pausa.

«Me ne starò qui tranquilla, Finley. Potete riposare un po' e raggiungermi tra circa un'ora. Non preoccupatevi per me, sono al sicuro.»

Mentre Finley si allontanava scettico, Charlotte aprì il primo fascicolo e sfogliò il suo interno con mani tremanti. Vi trovò deposizioni, rapporti balistici, testimonianze di sottufficiali, verbali. Tutti documenti che, per lo più, sfuggivano alla sua comprensione ma con cui avrebbe avuto bisogno di prendere confidenza per sperare di arrivare a una soluzione.

Charlotte sbuffò, trattenendo uno sbadiglio. In ogni caso, non avrebbe rinunciato, aveva intenzione di andare avanti e arrivare in fondo alla questione. Così, una volta giunta all'allegato finale, recante il nome di *Rapporto Balistico del Medico Legale, Crimea, 8 marzo 1870*, trovò uno spazio vuoto con pagine strappate, come se una parte di esso fosse stato reciso di netto, eliminato e fatto sparire. Sul margine, vi era una sigla in inchiostro brunito: *A.D.M. Aetatis 41*. L'inchiostro era molto simile se non il medesimo che Charlotte aveva intravisto

69

nella cartella nascosta alla tenuta di Halstead Park, nello studio privato di Richard. Possibile che, in tutta questa singolare manomissione, ci fosse la mano di Lord Algernon De Vries? O peggio... che Richard Greenwood fosse davvero coinvolto in qualcosa di così ambiguo e spregevole?

No, giudicava la seconda opzione impossibile. Doveva essere opera di Lord De Vries o di qualcuno che aveva agito e magari stava ancora agendo per suo conto. Ma allora perché Richard non aveva mai reagito apertamente a un tale affronto? Era consapevole del fatto che ci fosse stato uno scontro di mezzo e che un giovane soldato, figlio di un amico del padre, aveva perso la vita. Ma se non era colpevole perché Richard era stato disposto a subire tutto senza ribellarsi apertamente, senza accusare quel vile manipolatore? Era come se una parte della storia fosse stata insabbiata per qualche oscuro e contorto motivo.

Il cuore le batté tumultuoso nel petto, mentre la sua ipotesi, fredda e tagliente, prendeva forma: Algernon De Vries quasi sicuramente aveva fatto sparire le prove, oscurando la verità. Almeno su questo non aveva dubbi. Più che mai, occorreva dimostrare l'innocenza di Richard, combattendo contro tutto e tutti, anche contro di lui se necessario, contro la sua ritrosia ad approfondire la questione, la sua stessa determinazione a non reagire apertamente all'ignobile accusa, nemmeno per salvarsi.

Per non destare troppi sospetti trattenendosi oltre il necessario, un'ora più tardi Charlotte riconsegnò i documenti, ringraziò e salutò Mr. Pritchard, lasciò l'edificio dell'archivio a passo calmo e si fece accompagnare da Finley nell'adiacente Great Russell Street, fino a fermarsi e a bussare a una porta smaltata di verde. Conosceva bene quel luogo, lo conosceva e lo stimava con il suo cuore giovane e appassionato di giustizia e verità.

Solo pochi istanti dopo, la porta si aprì e Charlotte si trovò di fronte Miss Louisa Fairchild, la celebre e sempre più discussa scrittrice e giornalista indipendente che scriveva anche per il *Daily Telegraph* e per il *Times*. Fervente sostenitrice dei diritti femminili e portatrice di ideali di giustizia e verità, con i capelli bruni raccolti in uno chignon ribelle, Louisa indossava un gilet di foggia maschile sopra la camicetta leggera. L'atteggiamento intraprendente della donna e il suo stile di vita rappresentavano uno scandalo vivente per la maggior parte delle dame del West End, ma fonte di ispirazione per la giovane Charlotte. Tanto che non si vergognava affatto a frequentarla, per quanto possibile, e ad avere a che fare con lei, anche

71

contro il parere di zia Dorothea. Aveva seguito infatti, più o meno segretamente, alcuni dei suoi dibattiti e riunioni sui diritti femminili.

«Lady Charlotte... cosa vi porta qui da me? Siete pallida. Cosa vi turba?» le chiese la giornalista, facendo scorrere agilmente la matita tra le dita. Con un cenno la fece entrare e poi accomodare nel suo salottino. «Posso offrirvi un tè oppure del caffè... Magari qualche biscotto...»

«No, Miss Louisa, vi ringrazio per la cortesia. In questo momento vorrei solo che mi ascoltaste.»

Charlotte cercò di ricomporsi, di mettere insieme i pezzi che balenavano irrequieti nella sua mente, poi le espose i fatti. Tutto ciò che sapeva e che aveva raccolto. Compresa la ritrosia di Richard nel difendersi apertamente dalle accuse. Era consapevole del fatto che, almeno in parte, lui volesse allontanarla, tenerla all'oscuro della situazione per non danneggiare la sua reputazione e il suo destino. Anche questo raccontò a Louisa, senza nemmeno preoccuparsi di nascondere i propri sentimenti nei confronti del marchese.

«Io so che non può essere davvero colpevole, Louisa. Lo so.» Scosse ancora la testa, stringendo forte i pugni. «C'è qualcosa che lo trattiene... ma io non riesco a capire il motivo.»

72

Louisa ascoltò seria e con estrema attenzione, prendendo qualche rapido appunto sul suo taccuino.

«L'A.D.M. che avete visto appartiene quasi certamente ad Algernon De Vries, il Duca di Montcliff. Lo conosco bene, quell'uomo avrà anche il grado e l'aspetto di un nobile, ma ha l'anima di un usuraio, di una canaglia senza pari. Anzi, a dire il vero è un vero e proprio serpente, un mascalzone, dannatamente pericoloso. Ho già avuto a che fare con lui, purtroppo.» Louisa sospirò e si trattenne per non inveire oltre contro De Vries, anche se sapeva che il suo linguaggio colorito non avrebbe turbato particolarmente Lady Charlotte, nonostante la sua aria innocente. «Però di certo ci servirebbe molto più di un sospetto per smascherarlo e rendere noto il fatto che ci sia proprio lui dietro a tutto questo. È chiaro che detesta il Marchese di Halstead, il vostro beneamato Richard, per qualche motivo, sicuramente abbietto e subdolo. Ovvio, il marchese è più affascinante, più intelligente, con una carriera più brillante. Questo dev'essergli pesato anche anni fa, nonostante il suo ducato. E infine…»

«E infine?» domandò Charlotte, seguendo con attenzione l'analisi di Louisa.

«E infine, considerando la situazione attuale, il marchese ha voi, Charlotte. Il vostro cuore.» Louisa inclinò il capo e le rivolse un sorriso tenero, comprensivo. «Altrimenti non avreste svolto tutte queste ricerche rischiando di compromettere il vostro buon nome e non sareste qui a chiedere il mio aiuto. Tutto il coraggio che avete sempre dimostrato ora non deriva soltanto dalla vostra sete di giustizia. Non questa volta, almeno.»

Charlotte arrossì ma non poté fare a meno di annuire. Era proprio così. Era determinata ad aiutare Richard, a qualsiasi costo. A salvarlo da quel losco individuo di Algernon De Vries e, in parte, anche da se stesso.

«Va bene, Charlotte. Come forse saprete, io non mi tiro mai indietro di fronte a una buona indagine, soprattutto se mi viene data la possibilità di incastrare una lurida carogna come De Vries. Per prima cosa, faremo qualche ricerca e una bella analisi di tutte le persone coinvolte. Così stabiliremo chi potrà aiutarci.»

«Grazie, Louisa. Sapevo di poter contare su di voi.»

***

Diverse ore più tardi le due donne, accompagnate dal Colonello Jonathan Gainsborough, contattato da Louisa e coinvolto nell'impresa, si inoltrarono nel quartiere di Limehouse, sulla carrozza guidata dal buon vecchio Finley. Avevano scoperto che lì viveva Simon Bicknell, ex caporale dei Quarto Ussari con una cicatrice che gli tagliava la guancia destra fino al lobo, trofeo dell'ultima carica in Crimea. Lo trovarono in una taverna, The Broken Anchor, mentre sorseggiava del gin seduto al bancone.

Nel vederli avvicinarsi, Simon sbatté il boccale e si alzò traballante.

«Ma chi si vede! Gainsborough! Pensavo che il diavolo vi avesse già soffiato via l'anima da un pezzo!» Poi spostò lo sguardo su Miss Louisa Fairchild e infine sulla giovane e delicata Charlotte e gli occhi azzurri gli si fecero limpidi. «Posso comprendere la presenza di una giornalista ribelle e senza ritegno. Ma che cosa ci fa una rondine di Mayfair in mezzo a questo putridume?»

Charlotte non si scompose e non vacillò. Replicò ancora prima che potessero farlo, in sua difesa, il Colonello Gainsborough o Louisa.

«Sono qui per salvare l'onore di un uomo che credo abbia salvato il vostro, tempo fa. E quello di molti altri.» Strinse i pugni per la tensione provata in quel momento. «Confido nel vostro aiuto, Mr. Bicknell.»

Simon sospirò e si strinse nelle spalle, come per ricacciare indietro un vecchio ricordo. Infine annuì, puntando nuovamente lo sguardo su Charlotte.

«Greenwood, immagino. Il capitano si prese la colpa di un colpo mai sparato. O sparato a vuoto, piuttosto. Uno spiacevole incidente.»

«Raccontateci com'è andata davvero» lo incalzò Gainsborough.

Simon Bicknell annuì e si alzò dal bancone con aria stanca ma condiscendente. I quattro si accomodarono intorno a un tavolo e Simon sospirò ancora, in preda a un palese sconforto. In quell'angolo oscuro, rievocò la notte in cui era avvenuto quello che aveva appena definito uno "spiacevole incidente".

«C'è stata una discussione sorta tra il giovane Tenente George Shaw, figlio del Duca di Mansfield, e il Capitano Richard Greenwood. La disputa era originata dal furto di un buon numero di rifornimenti destinati alla truppa. Greenwood avrebbe voluto appianare la questione e tentare di risolverla, in qualche modo, anche perché il giovane tenente era sotto la sua protezione. Ma Shaw, vedendosi scoperto e io credo anche per il timore che il padre fosse messo al corrente, estrasse l'arma da fuoco. Più per paura che per reale intenzione, secondo me. Si sarà sentito braccato dall'evidenza dei fatti. Di conseguenza, anche Greenwood fu costretto a fare lo stesso, per tentare di fermarlo.» Simon Bicknell scosse la testa, stringendosi nelle spalle. «Tutto è accaduto molto, troppo velocemente. Quasi non ce ne siamo nemmeno resi conto, per questo non abbiamo avuto la prontezza di intervenire. Quello che posso dire è che i colpi di pistola sono partiti, era abbastanza buio… e Shaw è caduto, ferito a morte. L'unico che si trovava in quel momento a distanza ravvicinata era De Vries, allora maggiore addetto alla logistica. E fu proprio lui a dichiarare che l'arma ancora fumante era quella appartenente a Richard Greenwood. Cosa in effetti accertata e confermata anche da Greenwood, però…»

«Però?» Lo incitarono Charlotte, Louisa e il Colonnello Gainsborough, all'unisono.

«Però noi soldati non ne siamo convinti, ecco! Non sarebbe stato da lui, dal Capitano Greenwood. Non lo avrebbe mai colpito a morte, freddato così… George Shaw era davvero molto giovane, poco più che un ragazzo. Ma anche il capitano era giovane. E poi…»

Charlotte sospirò spazientita, sgranando leggermente gli occhi. Bicknell annuì e si decide a proseguire.

«Io non so se si è trattato di un'illusione ottica o di che altro… ma che il diavolo mi prenda qui e ora, posso giurare di aver visto un lampo provenire da dietro il Capitano Greenwood, proprio dove stava

77

De Vries. E non sono l'unico...» borbottò Simon, nervoso, aggrottando la fronte. «Solo che nessuno ci chiese niente, anzi ci dissero di non dare troppo sfogo alle nostre fantasie, considerato il fatto che nessuno di noi poteva vedere quel maledetto De Vries e non ci sarebbe dispiaciuto che finisse nei guai. Però, alla fine, ci sarebbe stato troppo da perdere ad andargli contro. Comunque, si parlò di uno sventurato incidente, di un disgraziato fraintendimento, nemmeno delle vere e proprie responsabilità del giovane Tenente Shaw si parlò più, forse per non indispettire il nobile padre con il biasimo nei confronti del figlio. Funziona sempre così, lo sapete meglio di me. I nobili difendono i loro pari e si proteggono tra loro. E alla fine abbiamo pensato che il Capitano Greenwood se la sarebbe comunque cavata, in un modo o nell'altro. Però ora la questione sembra essersi riaperta, quindi...» Strinse i pugni e sbuffò spazientito. «Se volete la verità, dovrete far cantare i membri del War Office. Io vi ho detto tutto quello che so. Ma non sono disposto a ripeterlo, non posso rischiare di ritrovarmi addosso quel verme di De Vries. O il prossimo colpo di pistola sparato al buio potrebbe essere destinato a me. E non ci tengo proprio a scoprirlo.»

CAPITOLO 8

Nel frattempo, nella sua abitazione di Grosvenor Street, Richard Greenwood fissava il fuoco morente nel caminetto del salotto. Nella sua reclusione delle ultime settimane dal resto della società londinese, più o meno forzata dopo il proliferare delle accuse di De Vries nei suoi confronti, non riusciva a darsi pace. E non riusciva a credere che tutto il suo futuro fosse precipitato così rapidamente a causa dell'odio che quell'uomo spregevole nutriva ancora nei suoi confronti, rischiando di trascinare una giovane donna innocente con sé.

La notizia che Charlotte fosse stata vista nei bassifondi in compagnia della giornalista d'assalto sempre in cerca di notizie succulente Louisa Fairchild e del Colonnello Gainsborough gli era giunta attraverso Lady Annabeth Beaumont, irritata e preoccupata per il comportamento inappropriato della giovane e ingenua Lady Delsey. Richard percepiva una sorta di gelosia da parte di Annabeth nei confronti di Charlotte, come se fosse invidiosa dell'intraprendenza che stava dimostrando e che a lei mancava. Ma non era questo il punto, al momento. Aveva ricevuto un avvertimento, o forse era più una richiesta di aiuto, anche da Lady Dorothea Montague, sempre più in ansia per la nipote e la sua testardaggine nel volere conoscere i retroscena di ciò che era accaduto anni prima. La zia di Charlotte lo supplicava di fermarla, magari strappandole qualsiasi illusione che il suo sentimento fosse corrisposto.

Il viso del marchese, bellissimo ma solcato dalla stanchezza, si contrasse. In coscienza, si rendeva conto che Lady Montague aveva tutte le ragioni per opporsi a un suo legame con Charlotte, dopo le formali accuse che gli erano state rivolte. E sarebbe toccato a lui fermare tutto, al più presto.

Cosa stava combinando quella piccola testarda? E pensare che all'apparenza sembrava così delicata, così fragile! Dove nascondeva tutta questa intraprendenza per agire in modo tanto sconsiderato?

"Charlotte sta mettendo a grave rischio la sua reputazione, a causa mia." Questo fu il suo primo pensiero. Poi il suo orgoglio maschile gli suggerì di agire, immediatamente. "Devo fermare quel suo impeto prima che la rovina la inghiotta e la distrugga del tutto. Non può mettere a repentaglio se stessa per me. Sarebbe la sua fine."

Ma, allo stesso tempo, il cuore gli gridò di correre da lei, di abbracciarla, di oltrepassare i limiti imposti e confessarle ciò che provava nei suoi confronti. Però Lady Dorothea aveva ragione. Avrebbe rischiato di trascinare Charlotte nella sua disgrazia, nell'inferno personale che si stava riaprendo ancora una volta, pronto ad accoglierlo. Forse questa volta in modo definitivo e irrevocabile. De Vries sapeva essere un manipolatore esperto e senza scrupoli quando si metteva in testa di rovinare qualcuno. Evidentemente, l'idea di una sua possibile felicità insieme a Charlotte lo aveva scatenato di nuovo contro di lui. Anche più di prima, cinque anni fa, quando aveva accusato Richard di avergli sottratto la donna che amava, Lady Amelia, che aveva respinto con sdegno la proposta di matrimonio di De Vries.

Richard sospirò e scosse la testa. Doveva intervenire, al più presto. Aveva però bisogno di aiuto per riuscire a fermare Charlotte, a convincerla ad arrendersi. Nel frattempo, gli era comunque necessaria la presenza di qualcuno che prestasse attenzione a lei e alle sue azioni sconsiderate. Qualcuno di fidato, come Jonathan Gainsborough e Louisa Fairchild. Non poteva fare altro per proteggerla, al momento. E non poteva nemmeno lasciare che tutta la verità venisse davvero a galla pubblicamente, rischiando di infangare e ferire chi aveva già sofferto abbastanza a causa di quella terribile e dolorosa storia.

***

La mattina seguente Charlotte e Louisa, abbandonata ogni prudenza e più motivate che mai a portare avanti la loro indagine, varcarono i colonnati bianchi del quartier generale del War Office a Horse Guards Avenue. Vi regnava un odore di ottone lucidato e di cuoio militare che attirò l'attenzione di Charlotte, più determinata che mai a portare avanti la sua impresa.

Vennero ricevute dal Maggiore Edmund Stonewall, il segretario del Capo di Stato Maggiore, un uomo non più giovane e dallo sguardo gentile ma impenetrabile. Indossava un'uniforme blu scuro, con le spalline dorate.

Charlotte, supportata da Louisa Fairchild, presentò la propria richiesta di consultare l'originale del rapporto balistico. Stonewall scorse il documento con la sigla A.D.M. e alzò un sopracciglio.

«Una faccenda molto curiosa. Quei fogli risultano essere già stati richiesti da qualcun altro. Proprio ieri, da qualcuno che si è presentato a nome del Duca di Montcliff.» Finse di sistemare una

82

cartellina, poi chinò il capo verso Charlotte. «Il mio compito è obbedire agli ordini, ma sono anche sufficientemente devoto alla giustizia. E questa faccenda mi ha lasciato interdetto, fin dal principio. Esiste una copia, sigillata in cassaforte. Se comparisse un mandato giudiziario... a questo punto io non potrei negarla.»

L'uomo si fece serio e scrutò entrambe le giovani donne negli occhi. Louisa annuì convinta e Charlotte comprese il suo messaggio implicito. Stonewall stava tentando, neanche troppo implicitamente, di aiutarle. Quindi dovevano trovare il modo, prima che De Vries, con il suo potere, mettesse le mani anche lì e impedisse a loro o a chiunque altro di indagare oltre, di scoprire la verità e di renderla nota pubblicamente. Quella stessa verità che anche Richard, per qualche motivo forse legato alla sua antica amicizia con George Shaw e con suo padre, era stato determinato a celare anni prima.

***

La sera stessa, al Reform Club, Algernon De Vries brindava con un gruppo di investitori statunitensi. Nel suo abito da sera verde scuro, con un fiore di camelia all'occhiello, rideva di gusto dei suoi

83

successi. Ed era pronto a godere della disfatta, ormai prossima, dell'uomo che da sempre considerava il suo rivale per eccellenza: Richard Greenwood, il Marchese di Halstead.

Charlotte e Louisa, camuffate con un semplice abito nero da dama di compagnia, riuscirono a infiltrarsi grazie all'aiuto di Gainsborough e sotto la custodia costante del fidato Finley. Si erano avvalse delle credenziali che Louisa aveva ottenuto per entrambe come "assistenti di biblioteca" in cerca di fondi per la Society for Army Widows. Con passo leggero, raggiunsero il guardaroba dove i bastoni da passeggio dei soci venivano custoditi.

Erano venute a conoscenza del fatto che il bastone da passeggio di De Vries, con il manico d'avorio, celava un compartimento segreto che l'uomo utilizzava spesso come nascondiglio per avere costantemente i suoi "affari sporchi" sotto controllo. Louisa, nel corso delle sue indagini, lo aveva saputo da una cameriera che era stata maltrattata e licenziata da De Vries tempo prima e che si era dimostrata più che determinata a raccontare tutto ciò che conosceva riguardo al suo vecchio datore di lavoro, pur di ottenere vendetta. Quindi Louisa e Charlotte avevano scoperto che il duca non abbandonava quasi mai il suo bastone da passeggio, fatta eccezione per luoghi che riteneva "sicuri". Uno di questi era proprio il Reform Club.

Quando localizzarono il bastone e riuscirono a riconoscerlo anche grazie allo stemma del suo casato e alla minuziosa descrizione, Louisa prestò attenzione che nessuno si avvicinasse, in modo da poter agire indisturbate. Appena ricevuto il segnale convenuto, Charlotte infilò un sottilissimo stiletto da ricamo nell'intarsio e ruotò. Il vano si mosse e scoprì un cilindro di ottone con il sigillo in ceralacca.

«Avete trovato qualcosa? Fate presto, Charlotte!»

«Arrivo subito!»

L'avvertimento di Louisa, unito al vociare che si faceva sempre più intenso e vicino le provocò un improvviso sudore freddo sulla nuca. Non aveva alternativa, se avesse abbandonato il tutto non avrebbero ottenuto le informazioni e le prove che cercavano. Non aveva nemmeno il tempo per guardarci dentro con calma e per consultarsi con Louisa in proposito. Così non esitò oltre, fece prontamente scivolare il cilindro nella borsa che aveva portato con sé e richiuse velocemente il manico del bastone, riponendolo nel punto esatto in cui lo aveva trovato. Poi entrambe fuggirono rapide attraverso la porta di servizio del guardaroba e si allontanarono dal club dove De Vries, inconsapevole, stava ancora celebrando le sue vittorie.

CAPITOLO 9

«Questa storia finirà male, lo sento.» Le parole che zia Dorothea le rivolse non la colsero impreparata. «La tua reputazione, Lottie...»

Lady Dorothea scosse la testa, portandosi una mano sulla fronte con espressione sofferente.

«La mia reputazione è intatta, zia. Non dovete preoccuparvi per me, so esattamente ciò che sto facendo.»

No, in realtà non lo sapeva affatto. Non del tutto, almeno. Arrancava tra i dubbi. Sapeva soltanto che non si sarebbe arresa, non ancora almeno.

Charlotte era stata consapevole fin dal principio che non sarebbe stato semplice per lei affrontare l'ansia e la preoccupazione di Lady Dorothea. Ma non si sarebbe tirata indietro. Non si trattava semplicemente della passione che provava per Richard Greenwood e della speranza che lui ricambiasse i suoi sentimenti. C'era anche un'altra passione che ardeva in lei, molto simile a quella che animava anche la sua amica giornalista, Louisa Fairchild. Il suo ideale di verità, di giustizia, che non poteva e non voleva essere messo a tacere. Ed era anche questo ideale a spingerla a proseguire e a portare avanti le indagini che ormai aveva intrapreso con tutto l'ardore della sua giovane età.

Nella serata umida di pioggia, Charlotte attese che la zia mostrasse i primi segni di cedimento e si ritirasse nella sua stanza per la notte. Finse di essere intenzionata a fare lo stesso, dichiarò di voler trascorrere il resto della serata immersa nella lettura di un buon libro, solo per poter attendere il momento giusto e uscire di nascosto. Era stata anche abbastanza brava da fare in modo che nessuno dei servitori la notasse. Si rendeva conto di rischiare, ma doveva a tutti i costi raggiungere Richard e metterlo al corrente delle sue scoperte, anche se Louisa e Gainsborough le avevano chiesto di avere pazienza, di aspettare. A quell'ora tarda nessuno l'avrebbe sorpresa o almeno questa era la sua speranza.

I lampioni creavano pozze di luce sul selciato bagnato. Nonostante tutto, Charlotte decise di restare calma e di non farsi prendere dal panico anche se, alle spalle, aveva iniziato a percepire un rumore dei passi sempre più veloci. Lanciando una rapida occhiata si rese conto che si trattava di due uomini massicci, molto probabilmente scagnozzi di De Vries. Charlotte si voltò ancora, solo per un istante, per controllarne la distanza, con il mantello fradicio ormai incollato alla gonna che le rallentava i movimenti. Maledisse la sua imprudenza, l'incoscienza che l'aveva spinta a uscire da sola, senza scorta a un'ora così tarda.

Si sentì spacciata ormai, ma prima che i bruti riuscissero a raggiungerla, una figura balzò dall'oscurità, afferrandola da dietro per entrambe le braccia. Charlotte sobbalzò, si dimenò e cercò di urlare. L'uomo riuscì a fermarla posandole sulla bocca una mano che lei provò a mordere nel tentativo di liberarsi.

«Di certo sapete bene come difendervi.» Si sentì sussurrare all'orecchio, con il fiato dell'uomo che le premeva sul collo. «Ma preferirei sperimentare la vostra bocca in un altro contesto, milady.»

Quella voce, quel tono, quel profumo. L'uomo allentò la presa e Charlotte riuscì a voltare il viso.

«Richard...» sospirò appena lui l'ebbe lasciata andare.

«Sarò subito da voi.»

Con il cappotto scuro, il cappello a tesa larga e gli occhi come lame, la indusse a spostarsi di lato e colpì il primo aggressore con un pugno che fece schiantare il malvivente contro il parapetto. Poi riuscì agilmente a schivare il secondo, avvinghiandolo subito dopo in una presa da arti marziali imparate durante la guerra. L'uomo rotolò a terra con un tonfo sordo.

89

Sistemati i due aggressori, tornò a concentrarsi su di lei. Charlotte, ancora ansimante, non attese oltre e tirò fuori il cilindro dalla borsa che aveva portato con sé. Aveva bisogno di raccontargli tutto, era necessario che lui sapesse.

«Richard, sono riuscita a prenderlo grazie all'aiuto di alcune persone amiche che mi hanno istruita e guidata verso la verità. Così abbiamo ricostruito i fatti.» Si rivolse a lui, abbandonando tutti i convenevoli e aggrappandosi ai bordi della sua giacca. Non le importava più di celare le sue sensazioni e lo chiamava per nome senza alcun ritegno. Non le importava nemmeno che non fosse appropriato rivolgersi a lui in quel modo, considerata la situazione in cui entrambi si trovavano. «Ci sono le prove che il Duca di Montcliff ha falsificato il rapporto per accusarti! E c'è anche molto altro che lo riguarda che devi sapere. Ci sono testimoni. Ciò che accadde quella sera...»

Lui la fissò cupo, con il viso rigato dalla pioggia, allo stesso modo incapace di mantenere il distacco convenuto dal loro rango. A quel punto non aveva scelta, si rese conto che ormai era troppo tardi tornare indietro, per entrambi.

«Ti rendi conto che avresti potuto morire, oltre a mettere in pericolo te stessa e la tua reputazione.

Uscire così di notte, da sola! E non si tratta di smascherare De Vries o portare in luce la verità. C'è ben altro che io...»

«Sì, lo so. Voglio dire, lo immagino.» Charlotte annuì convinta, mordendosi il labbro inferiore. Stava tremando, di fronte a lui. Ma non si sarebbe comunque arresa. «Credo di aver compreso i tuoi motivi, chi stai tentando di proteggere. Però... però non puoi pagare per un crimine che non hai commesso, Richard. Io non ho intenzione di permetterlo.»

Richard scosse la testa e fissò gli occhi nei suoi, con espressione rassegnata.

«Perché lo hai fatto, Charlotte? Dovresti preoccuparti di più della tua reputazione, di ciò che potrebbe riservarti il destino, del tuo nome.»

«Perché la verità vale molto di più della mia reputazione. E anche molto più della tua paura di trascinarmi nell'abisso, Richard.» Charlotte ricambiò lo sguardo. La fiamma di intraprendenza e di coraggio che ardeva dentro di lei, nei suoi grandi occhi blu, lo lasciarono senza fiato. «Per questo io non smetterò di combattere.»

Le mani di Richard tremarono, in un misto di collera e apprensione ma anche di riconoscenza per la fiducia che la giovane donna aveva riposto in lui, mettendo a rischio tutto, anche il suo buon nome. E invece di trovare il suo atteggiamento inappropriato e inadatto alla sua classe sociale, gli piacque ancora di più, per il suo coraggio, la sua temerarietà. Ma prima di parlare, il suono di una voce vibrò nel buio.

Richard riconobbe immediatamente il tono altero e beffardo di De Vries. A una rapida occhiata si accorse che stava percorrendo la strada verso di loro, scortato da un poliziotto.

«Arrestateli! Furto e aggressione!» gridò De Vries, agitandosi in preda all'ira. Charlotte sussultò ma ebbe la prontezza di affidare il cilindro a Richard. «Veloce! Scappa!»

«Mai senza di te.»

«Ma io… rischierei di rallentarti…»

Richard non ascoltò le sue proteste e, con un gesto fulmineo, afferrò Charlotte per la vita e si lanciò verso una carrozza che sopraggiungeva, fermandosi a pochi passi da loro. Era guidata da Gainsborough, che frustò rapido i cavalli. Le ruote solcarono le pozzanghere, allontanandoli dalle urla furibonde del duca.

***

Portati al sicuro, in un cottage di proprietà di un'anziana parente di Louisa a Bloomsbury, Charlotte attese che gli spiriti si calmassero per aprire il cilindro. Ormai le era chiaro che Richard aveva imposto a Louisa e a Gainsborough di vegliare su di lei, ma non si mostrò indispettita nei loro confronti per avergli ubbidito.

Si ritrovò nuovamente di fronte il vero rapporto balistico, che aveva già analizzato insieme a Louisa, lo dispiegò con cura e lo lesse. Ma si accorse che Richard non si dimostrava affatto sorpreso dal contenuto.

Così lo passò a Louisa. Le tremavano le mani, ma Charlotte tentò di mantenere la propria compostezza.

«Insomma, qui si attesta che il proiettile che ha ucciso il Tenente George Shaw proveniva da una LeFaucheux calibro 12, un'arma che non apparteneva agli ufficiali britannici.»

«Io ricordo perfettamente che Algernon De Vries possedeva all'epoca una pistola francese, regalo ricevuto da un banchiere parigino con cui aveva intrattenuto un rapporto d'affari!» esclamò il Colonnello Gainsborough, con l'entusiasmo dettato dalla consapevolezza di essere a un passo dall'incastrare finalmente l'odioso individuo. «Se n'era anche vantato per settimane! Quindi la falsificazione, allo scopo di far incolpare e incriminare Richard, è lampante.»

Le due donne annuirono soddisfatte. Però, mentre la fiamma della lampada illuminava il documento, Richard rimase distaccato, rigido. Quasi impassibile di fronte alla verità che avrebbe potuto salvare il suo onore una volta per tutte.

«Hai rischiato la vita e la tua reputazione, tra inganni e menzogne di ogni sorta, senza dirmi nulla.» Puntò lo sguardo severo su Charlotte. «Il tutto per arrivare a questo... a qualcosa che io...»

Gli occhi della giovane si velarono e si morse le labbra, tra dolore e rabbia. Il rimprovero la ferì amaramente. Perché lui restava così impassibile? Non gli importava ciò che la verità avrebbe potuto significare per lui, per entrambi?

«Lo so, Richard. Ma se ti avessi avvertito, avresti proibito ogni mio passo verso la verità. Per questo ho deciso di mettermi d'impegno e indagare, senza dare ascolto a nessuno, nemmeno a mia zia, che mi suggeriva di agire con cautela. Nemmeno alla mia paura.»

«Charlotte, io non capisco perché...»

«Come forse ho già spiegato, Richard, non l'ho fatto solo per te. L'ho fatto anche per me stessa.»

Richard sospirò e scosse la testa. Un silenzio denso e pesante calò nella stanza, ma fu interrotto sul nascere da Louisa.

«Smettetela! Mentre noi qui perdiamo del tempo prezioso a discutere, De Vries non starà di certo a guardare! Anzi, conoscendolo sarà già partito al contrattacco costruendo ulteriori accuse o comprando testimoni per infangarvi, com'è sua abitudine. Dobbiamo fare in modo che la prova che abbiamo in mano diventi pubblica. E che sia inconfutabile, soprattutto. Così De Vries non potrà fare più nulla per opporsi e negare l'evidenza.»

Richard annuì convinto, si alzò e uscì dal cottage, sostando sotto al parapetto. Charlotte lanciò un'occhiata a Louisa e al Colonnello Gainsborough, poi lo seguì, fermandosi a pochi passi da lui.

«Ti chiedo di farmi una promessa.» Richard le si rivolse, con un tono di voce basso, devastato dalla situazione che gli era ormai sfuggita di mano da troppo tempo. «E ti chiedo di mantenerla, soprattutto. Lasciami combattere la mia battaglia. Ciò che hai fatto è stato più che coraggioso, addirittura audace. Ti ringrazio, Charlotte. Ma io adesso devo riconquistare il mio nome e il mio onore con le mie mani. Ci sono questioni che necessitano cautela e... il giusto tempo perché si risolvano.»

Charlotte annuì, con le lacrime che le scorrevano lungo le guance.

«Va bene, te lo prometto. Ma anche io ho qualcosa da chiederti Richard... non respingere più il mio sostegno.»

Il marchese esitò, poi annuì, si avvicinò a lei e le sfiorò la guancia con le dita.

«Non lo farò. Ma lasciami portare avanti la mia battaglia, senza più tirarmi indietro. Devo combattere De Vries e per farlo tutti dovranno conoscere i dettagli di ciò che è accaduto, anche se spiacevole. Sto solo cercando di causare meno dolore possibile.»

«Mi dispiace, Richard.»

«Anche a me. Ma non posso più negare o nascondere la verità come ho fatto finora. Posso solo sperare di renderla meno devastante.»

Charlotte sollevò il viso verso di lui che, accarezzandole la gota, sfiorò le sue labbra con un bacio dolce ma appassionato al tempo stesso. Socchiuse gli occhi e posò le mani sul suo petto. Aveva promesso, certo. Ma, allo stesso tempo, avrebbe continuato a combattere, insieme a lui.

Fu così che, in una notte di pioggia scrosciante, la verità trovò finalmente un varco nel buio che si era perpetrato fino a quel momento. Allo stesso tempo però, mentre l'alba iniziava a sorgere lenta tra i tetti di Bloomsbury, Charlotte e Richard compresero che ogni passo verso la luce avrebbe rischiato di trascinare con sé un'ombra più lunga e nefasta. De Vries si stava notevolmente indebolendo, ma di certo non aveva ancora perso il suo potere. Invece, nel corso di quelle giornate e soprattutto dopo quella notte, la reputazione di Charlotte era appesa a un filo e l'orgoglio di Richard era devastato al solo pensiero di aver messo in un tale pericolo la donna che amava.

Il cilindro di ottone che la giovane aveva sottratto al loro comune nemico, posato sul tavolo del cottage, brillava come un frammento prezioso, un emblema di speranza. Oppure la miccia di nuove, implacabili tempeste.

CAPITOLO 10

Londra, 12 giugno 1875

L'alba germogliava a fatica dietro una coltre di nuvole grigie quando Lady Charlotte Delsey varcò il cancello di ferro battuto di Kensington Gardens. Indossava un soprabito celeste con le maniche imbottite che si stringevano sulle braccia. Sul capo portava un cappello intrecciato con nastri color malva, molto meno appariscente delle creazioni che era solita indossare ai balli. Nonostante tutto ciò che aveva passato di recente, il suo sguardo manteneva sempre la stessa lucente risolutezza nell'affrontare le conseguenze delle sue azioni. Anzi, la sua determinazione nel proseguire la sua indagine e portare alla luce la verità era sempre più ferrea.

Sul vialetto ghiaioso l'attendeva Louisa Fairchild, la sua amica e alleata, con i capelli castani legati in una treccia annodata in alto sulla nuca, un abito grigio e il solito taccuino che si trascinava sempre ovunque. Il legame tra le due giovani donne si era notevolmente intensificato nel corso degli ultimi giorni, tanto che Louisa trattava Charlotte con una confidenza che non aveva mai avuto prima nei suoi confronti.

«Le chiacchiere delle signore dell'alta società non si sono fatte attendere. Immagino che quel viscido di De Vries abbia contribuito attivamente alla loro diffusione. Sostengono che tu e Lord Greenwood abbiate passato la notte a Bloomsbury senza chaperon. La mia presenza non è stata considerata, a quanto pare, e nemmeno quella del Colonnello Gainsborough.» Un sorrisetto ironico le ammorbidì i lineamenti delicati. «Come ben saprai, le malelingue mordono ancora di più dei veri e propri scandali. Alcune ti hanno già rimossa dalla lista delle loro invitate. A dire il vero, sembra proprio che non aspettassero altro e ho la netta sensazione che abbiano colto l'occasione per farlo.»

Charlotte sospirò delusa, ma poi si riscosse e si strinse nelle spalle.

«Ero già consapevole di respirare un'aria soffocante nei salotti, ma non ero preparata al veleno di certe serpi. In ogni caso, non posso restare inerme mentre Richard viene fatto a pezzi. Ho compreso da tempo che vorrei altro nella mia vita e questo non include trascorrere le mie giornate da un ricevimento all'altro.»

Louisa annuì e abbassò la voce.

«Comunque... il *Times* mi ha assicurato che domani pubblicherà le prove originali. Ma devo avvertirti che De Vries minaccia un'ingiunzione e dice di avere un testimone pronto a giurare che Richard abbia corrotto un medico militare per riscrivere il rapporto, falsificando quello originale.»

«Ma non è affatto vero!» si ribellò Charlotte, avvampando per lo sdegno. «Non può fare una cosa del genere.»

«In realtà ho il timore che De Vries potrebbe comprarsi chiunque, a questo punto, e passarla liscia ancora una volta.» Louisa si strinse nelle spalle e scosse appena la testa, con aria desolata. «È ancora troppo potente, purtroppo. Ed è sempre più furioso e di conseguenza più crudele. Dobbiamo fare attenzione.»

Charlotte ne era consapevole, non replicò ma intanto la sua mente il suo cuore erano in costante fermento.

Le due donne si incamminarono lungo il Serpentine. Percorrendo la riva, alcune signorine avvolte in merletti facevano volare aquiloni di carta, mentre un gruppo di uomini erano presi a discutere di affari, di politica e di rendite indiane. Su tutto aleggiava un brusio che, Charlotte riusciva a percepirlo chiaramente, poteva mutarsi in fragore al suo passaggio, se gli sguardi si fossero posati su di lei. La tensione e l'ansia le pizzicavano la pelle, tormentandola come punture di spilli.

«Louisa, promettimi che, qualsiasi cosa accada, tu continuerai a indagare. Anche se io verrò compromessa e la mia reputazione sarà completamente rovinata. Se De Vries possiede davvero un testimone, dobbiamo scoprire di chi si tratta.»

La giornalista annuì convinta.

«Ho già incaricato Simon Bicknell di muovere le sue conoscenze per pedinare gli scagnozzi di De Vries nei docklands. Se il duca si compra menzogne e falsi testimoni, noi li troveremo e li fermeremo prima che possa creare ulteriori danni.»

«Dobbiamo riuscirci» annuì Charlotte, senza scomporsi di fronte alla costante minaccia rappresentata dal Duca di Montcliff. «Lo incastreremo.»

«Ci riusciremo, Charlotte. Abbi fiducia, la giustizia trionferà questa volta.»

***

Quel pomeriggio stesso, nella sala da tè di casa Delsey, Charlotte si trovò di fronte a una scena inaspettata: Lord Roger Pembroke e a suo padre Roderick Pembroke, il Conte di Aylesford. Due figure impettite, con gli abiti impeccabili e gli sguardi da possibili "salvatori" finanziari del casato dei Delsey. Lady Dorothea sedeva in silenzio, le mani strette in grembo per mascherare l'agitazione. Il suo più vivo timore era che la nipote non avrebbe accolto favorevolmente quella sorta di "agguato" e che, conoscendola, sarebbe fuggita via sdegnata, precipitando in guai ancora peggiori.

Roger, sfoderando un sorriso soddisfatto, si mosse all'istante verso Charlotte appena la giovane ebbe fatto il suo ingresso.

«Mia cara Lady Charlotte, ritengo che sia giunto il momento di mettere fine a tutte queste chiacchiere insensate. E sono persuaso che sia anche vostro desiderio agire per il meglio, considerata la situazione... disdicevole.» Sgranò gli occhi cerulei su di lei, pregustandosi la sua reazione mentre riprendeva fiato. «Annunceremo quindi il nostro fidanzamento domani e il vostro nome finalmente tornerà limpido come il cristallo più pregiato.»

Charlotte strinse forte i pugni per trattenere un sussulto. «Vi ringrazio del pensiero, Lord Pembroke, ma la mia reputazione non è merce di scambio.» Pochi istanti e tornò nel pieno controllo delle sue parole, anche se si sentiva costretta a non manifestare troppo apertamente la sua rabbia. «Vi ringrazio anche per la gentile offerta, ma mi trovo costretta a rifiutarla.»

Il Conte di Aylesford, padre di Roger, si alzò di scatto e mosse alcuni passi verso di loro, poi si fermò picchiettando con il bastone sul tappeto.

«Lady Delsey, non vi ritengo tanto ingenua da non essere al corrente della vostra situazione.» Il suo tono era forte, altero. E decisamente sdegnato. «Io credo che siate consapevole del fatto che, senza questo fidanzamento, anche i titoli di vostra madre appena riscossi da vostro padre in Francia e già precedentemente ipotecati per saldare i vostri debiti verranno messi all'asta e le vostre proprietà pignorate, insieme ai vostri servi, a tutto ciò che possedete. Pensate al vostro nome e all'onore della vostra casata! Non avrete più nemmeno le apparenze e la reputazione a salvarvi. Vi resterà soltanto il vostro bel viso, ma quando sarà troppo tardi vi servirà davvero a poco. Allora, cosa ne sarà di voi? La risposta potrebbe non piacervi.»

La giovane sentì un senso di vuoto aggredirle il petto, quasi con violenza. Poi quello stesso vuoto si trasformò in nausea. Sapeva che, purtroppo, il Conte di Aylesford aveva ragione. Anche se le sue parole le provocarono una devastazione difficile da dominare, da tenere a bada. Comprendeva, con lucida disperazione, quanto fosse potente il ricatto economico e sociale ancora vigente nella società vittoriana. Si trovava sulla buona strada per essere disprezzata da tutti. Ma la verità era che non le importava. O forse sì, ma non davvero, non nel profondo.

«Se dovrò scegliere fra un matrimonio senza amore e l'opinione del mondo, sceglierò il biasimo» disse infine, con la voce ferma ma il cuore in tumulto.

Sapeva che stava per mettersi contro tutta la buona società. Una parte della sua anima fremeva per la paura, ma un'altra... un'altra parte, più coraggiosa e audace, auspicava alla libertà, fisica e mentale. Sarebbe diventata come Louisa, forse, giornalista e scrittrice. E avrebbe salvato il suo cuore da un legame che, con il tempo, l'avrebbe distrutta, logorata.

L'atmosfera si fece gelida. Il Conte di Aylesford strinse il suo cilindro con gesto rabbioso.

«Allora prego che abbiate in voi doti sufficienti per resistere ai morsi della povertà, milady. Perché sarà proprio quello il vostro destino. E verrete abbandonata da tutti, spero che ne siate consapevole. Nessuna persona rispettabile vorrà più avere a che fare con voi dopo che la vostra reputazione e le vostre finanze saranno completamente rovinate. Nonostante questa desolante prospettiva... siete davvero convinta della vostra scelta? È la vostra ultima parola?»

«Sì, conte.» Charlotte rispose senza esitare e senza scomporsi. «È davvero la mia ultima parola.»

Lady Dorothea, pallida, seguì i due uomini con lo sguardo, mentre si allontanavano rapidi dalla sala da tè dov'erano stati ricevuti. Non ebbe nemmeno la prontezza di fermarli, di cercare di appianare le divergenze tra loro e quell'incosciente di sua nipote. Quando la porta si richiuse, sciolse ogni indugio, si fece un po' d'aria con il ventaglio che tratteneva tra le mani e affrontò Charlotte.

«Se continui così, distruggerai tutto, Lottie! Tutta la tua vita, il destino tuo e della tua casa.» Appoggiò il ventaglio, con gesto disperato. Le sue dita tremavano, mentre tornò a sedersi, sprofondando affranta nella poltrona. «Anzi, temo che tu abbia già distrutto tutto. Ma forse puoi ancora rimediare, fermare questo disastro. Lord Roger Pembroke nutre un'autentica venerazione nei tuoi confronti e anche suo padre potrebbe perdonare la tua... veemenza nel rifiutare suo figlio...»

«No zia, mi dispiace ma non posso fare ciò che mi chiedete.» Charlotte si avvicinò e poi si chinò per accarezzare la mano di Lady Dorothea. «Preferisco sprofondare nell'abisso che costruire menzogne ed essere costretta a viverci, giorno dopo

105

giorno. Renderei la mia vita stessa una menzogna e non posso fare questo a me stessa. Riuscirò a salvare la mia casa e anche me stessa, senza cadere nella trappola di Lord Pembroke. Troverò il modo, abbiate fiducia in me.»

CAPITOLO 11

Quella sera, Richard mandò un messaggio a casa Delsey e convocò Charlotte nella sua residenza di Grosvenor Street. Ormai c'era ben poco da salvare, in quanto a onore e reputazione, e anche Lady Dorothea si era arresa all'evidenza dei fatti. Tanto valeva assecondare la nipote e sperare che la sua testardaggine l'avesse vinta. Accompagnata dal fedele Finley, da sempre devoto alla famiglia, Charlotte lo raggiunse senza esitare.

I capelli corvini del marchese, leggermente sconvolti, indicavano una giornata impegnativa e logorante. Le pagliuzze d'argento nei suoi occhi sembravano riflettere emozioni e pensieri che non riusciva ancora a esprimere a parole ma nemmeno a dominare.

«Dopo la pubblicazione sul *Times* De Vries chiederà soddisfazione in tribunale» le rivelò infine, tentando di mantenere un tono pacato. «Ma sul *Daily Telegraph* circola già la voce che tu gli avresti sottratto del materiale privato, con la collaborazione di Louisa Fairchild. Potrebbero accusarti di furto e costringerti a testimoniare. Sappiamo bene che De

107

Vries non si tirerà di certo indietro, il suo avvocato avrà già ricevuto istruzioni su come...»

Richard fremette, stringendo il pugno. Non riusciva nemmeno a pensarci. L'avrebbero torchiata fino a distruggerla se fossero arrivati a un interrogatorio.

«Lo immaginavo.» Charlotte alzò il mento e annuì determinata, mantenendo la calma. «Allora io testimonierò, se sarà necessario. De Vries non mi spaventa. Ormai, niente e nessuno mi costringerà a tornare indietro.»

A questo punto Richard scosse il capo, con decisione.

«Assolutamente no. Questo non posso permetterlo, Lottie. Verresti trascinata in un'aula e messa di fronte a volgari insinuazioni. De Vries non ti risparmierà, anzi ci prenderà gusto nel vederti in difficoltà. Non lascerò che accada. A questo proposito, ho deciso di consegnarmi domani mattina, confessando il furto del cilindro contenente quel documento. Poi, in qualche modo, troverò una soluzione e riuscirò a uscirne.»

Charlotte impallidì, poi scosse il capo decisa.

«No, Richard. Non devi mentire per me, non sarebbe giusto. Sono stata io a derubare De Vries.»

«Preferisco subire una condanna per appropriazione indebita che vederti alle prese con il tribunale e poi linciata dai giornali. Del resto, il mio nome è comunque già compromesso. Non cambierà di molto la mia situazione.» La mascella contratta di Richard denotava la lotta tra ragione e sentimento. «Riuscirò a sistemare tutto, stai tranquilla.»

«Però se menti su questo, avalli le bugie di De Vries e non potrai più ritrattare. Ti considereranno un bugiardo. Non capisci? Questo è esattamente ciò che lui vuole e che sta cercando di ottenere: degradarti fino a farti sembrare colpevole di qualunque cosa! Penseranno che tu abbia mentito fin dall'inizio e poi...»

Le pupille di Charlotte brillarono di lacrime, di stanchezza, di disperazione. Richard posò le mani sulle sue spalle esili, guardandola negli occhi.

«Ti amo, Charlotte. E amare significa proteggere chi amiamo. Ho visto troppi innocenti morire sul campo di battaglia. Non posso restare inerte mentre tu rischi di nuovo la tua reputazione e forse questa volta anche la tua libertà.»

Charlotte sospirò, si sentì all'improvviso smarrita, tremante.

«Lo so. Però proteggere me non dovrà coincidere con il fatto che tu sacrifichi la tua libertà e la verità, soprattutto. È per questo che dobbiamo combattere.» Le si spezzò la voce, deglutì a fatica

109

ma riuscì a proseguire. «Non impormi la parte della damigella da salvare, per favore. Voglio combattere insieme a te, Richard. Perché anche io ti amo.»

Il marchese abbassò le mani, colpito dalle parole accorate di Charlotte. Non l'avrebbe mai avuta vinta su di lei, sulla sua determinazione e sul suo coraggio. Charlotte Delsey era una donna orgogliosa e indomita, ormai ne era consapevole. Una tensione palpabile danzò tra loro, più acuminata di una lama. Poi Richard fece un passo indietro, con il volto divenuto rigido, determinato.

«Se è così, allora ascoltami bene, Lottie. Domani mi presenterò spontaneamente davanti al magistrato di Bow Street. Avrò l'appoggio del Colonnello Gainsborough, del Visconte di Shrewsbury e di qualche altro amico fidato. Sarà una disputa breve, però spero che mi concederanno abbastanza tempo per costruire una buona difesa in cui tu non sarai direttamente coinvolta. Adesso però, ti prego, torna a casa e restaci. Non agire impulsivamente. Me lo prometti?»

Charlotte lo fissò e scorse nel pallore del suo viso, nel tremito quasi invisibile delle sue labbra, il segno di quanto gli costasse quell'ordine. Di quanto gli costasse anche non attrarla a sé, stringerla tra le braccia, baciarla. Perché costava anche a lei non aggrapparsi a lui e cercare le sue labbra, il suo calore.

«Sì, Richard. Te lo prometto.»

Si voltò senza dire altro, lasciando nella stanza il suo profumo di rosa selvatica mescolato però all'indignazione e all'impotenza di non essere in grado di fare altro per l'uomo che amava.

***

L'indomani, l'edizione del *Times* titolava a piena pagina:

"Prove sparite ricompaiono all'improvviso."

Ma a metà mattina un dispaccio dell'agenzia Reuters confuse ulteriormente le acque:

"Lord Richard Greenwood definitivamente arrestato per il furto di documenti riservati. E sembra ci siano altre prove schiaccianti contro il Marchese di Halstead".

L'opinione pubblica oscillava fra incredulità, sgomento e curiosità morbosa. I rotocalchi che si occupavano di scandali ricamarono senza sosta storie che attirassero la curiosità del pubblico, infarcendoli di invenzioni a proposito di duelli illegali, spie francesi e passioni clandestine. Tra gli altri, anche il nome della giovane Lady Charlotte

Delsey venne ripetuto, più e più volte, quasi sempre in modo poco lusinghiero.

Nella sala da pranzo dei Delsey, Lady Dorothea lesse il titolo con un gemito.

«Richard Greenwood è in prigione... e tu, Lottie, sei rimasta incatenata a quell'uomo! Ormai la tua reputazione è del tutto rovinata! Tutta la nostra casa è rovinata! Nessuno vorrà più saperne di noi! È una tragedia!»

Charlotte, seduta con la schiena dritta e le mani intrecciate sul grembo, sospirò senza però scomporsi.

«Lo sapevo, zia» replicò tranquilla. «Voglio dire, sapevo che sarebbe accaduto. La verità è che Richard si è incatenato da solo, pensando di proteggermi dall'accusa di aver derubato il Duca di Montcliff. Si è consegnato lui stesso. Anche se io ero contraria, ho capito che lo avrebbe fatto comunque e non sono riuscita a impedirglielo. Ma non ci resterà a lungo. Oggi stesso Louisa e il Colonnello Gainsborough presenteranno la deposizione giurata di Simon Bicknell e di altri soldati che Simon è riuscito a rintracciare. Sono tutti a favore di Richard e contro De Vries.» Si alzò, il volto serio e fermo nella sua decisione. «E io sarò con loro.»

CAPITOLO 12

L'aula con i banchi in legno di quercia odorava di cera e linoleum. Richard Greenwood, in abito borghese, sedeva dietro a una balaustra. Il volto, malgrado l'ora d'aria scarsa, conservava la sua abituale dignità, mescolata a un certo distacco. Solo gli occhi, cerchiati da un'ombra più scura, tradivano la notte insonne.

Quando Charlotte apparve sulla soglia, si levò un mormorio che divenne sempre più intenso con lo scorrere dei minuti. Il giudice, Sir Arthur Willoughby, con i suoi baffi arricciati, lanciò un'occhiata di rimprovero e i mormorii gradualmente si acquetarono. Charlotte avanzò con passo deciso. Indossava un abito color lavanda, semplice, senza i ricami e i gioielli che abitualmente portava. Andò ad accomodarsi accanto a Louisa e le due donne si scambiarono uno sguardo d'intesa.

L'avvocato di Richard, Mr. Giles Haversham, prese placido la parola, con le sue dichiarazioni.

«Il mio cliente, Lord Richard Greenwood, Marchese di Halstead, ammette di aver preso visione di certi documenti privo di autorizzazione. Tuttavia, lo scopo era quello di smascherare un falso depositato anni or sono, che reca la mano stessa del denunciante, Lord Algernon De Vries, Duca di Montcliff. Inoltre, ci sono testimonianze attendibili contro il duca.»

Le sue parole rimbombarono sull'assemblea. Allora si alzò di scatto l'avvocato di De Vries, Sir Icarus Blunt, con gli occhi sgranati e l'aria infuriata, come se fosse stato punto sul vivo.

«Mio signore, l'accusato produce testimonianze di poco conto e di scarsa credibilità contro il mio cliente: soldati licenziati e ubriaconi, giornaliste di dubbia moralità che nutrono risentimento e infrangono ogni codice di decoro.» Volse lo sguardo gelido su Louisa per poi soffermarsi su Charlotte. «E una giovane donna che ha distrutto la propria reputazione e su cui ormai pende l'ombra dello scandalo.»

Il rossore salì alle guance di Charlotte, ma prima che potesse reagire o replicare Louisa la trattenne per il braccio e con un'occhiata le comunicò di mantenere la calma. Nello stesso momento la porta dell'aula si spalancò. Il Maggiore Edmund Stonewall entrò, con la divisa blu scuro scintillante di medaglie.

«Mi oppongo!» Con mossa teatrale, consegnò al cancelliere un fascio di documenti, tra cui la copia autenticata custodita a Horse Guards. «Il War

114

Office, ravvisando vizi di procedura, ha deciso di sollevare il segreto militare. Questi atti dimostrano la manipolazione e la sparizione di prove decisive, orchestrate dall'allora Maggiore De Vries, oggi Duca di Montcliff.»

Un boato investì l'intera aula del tribunale. Icarus Blunt strabuzzò ancora di più gli occhi e posò entrambe le mani sul banco, stringendo forte. Charlotte inspirò, cercando ansiosamente lo sguardo di Richard. Lui le rivolse un cenno quasi impercettibile che mescolava gratitudine, incredulità e amore. Ma non si trattenne troppo a lungo su di lei, la situazione era ancora troppo delicata per dare adito a ulteriori chiacchiere.

Il giudice Willoughby annuì e aggiornò l'udienza di quarantott'ore. Avrebbe esaminato la nuova documentazione fornita dal Maggiore Stonewall. Stabilì però che Richard venisse rilasciato, almeno temporaneamente, anche se sotto la richiesta di una pesante cauzione.

***

Le cose non si stavano mettendo bene, ne era consapevole. Anzi, rischiavano di sfuggire clamorosamente al suo controllo. E non doveva accadere. Come non doveva rischiare che venisse

115

messo di mezzo Lord Charles Shaw, il Duca di Mansfield, padre del giovane e irresponsabile George che quello sciocco di Richard Greenwood aveva tentato inutilmente di proteggere dalla sua sconsideratezza. Aveva sbagliato clamorosamente quando si era scelto quello smidollato del Tenente Shaw come complice. Era fin troppo chiaro che non aveva il carattere e in nervi saldi per portare a compimento l'impresa. Così aveva dovuto fare in modo che scatenasse lo scontro con Greenwood e cogliere l'occasione per eliminarlo, prima che spifferasse tutto mettendolo in grossi guai.

Quella sera quindi, dopo averci riflettuto a fondo, Algernon De Vries convocò Roger Pembroke, il più accanito pretendente di Lady Charlotte, nel suo palazzo di Portland Place. L'alleato che al momento poteva risultargli più utile.

Tra gli stucchi dorati, il duca camminava avanti e indietro come un felino in gabbia.

«Il tribunale scricchiola, il giudice Willoughby inizia a dubitare e sono certo che, dopo l'intervento di Stonewall, a breve potrebbe anche essere disposto a cedere e a lasciare andare Greenwood. E una volta libero, Richard Greenwood si prenderà molto facilmente quella splendida rosa a cui voi ambite, Lady Charlotte.»

Roger Pembroke deglutì, strabuzzò gli occhi indignato, strinse i pugni, ma rimase in silenzio.

«Noi non vogliamo questo, vero?» Lo istigò De Vries, rivolgendogli un'occhiata famelica.

«N-noo…» balbettò Pembroke con aria smarrita. «Non lo vogliamo...»

«Siamo d'accordo» annuì De Vries, soddisfatto. «Ma a questo punto mi serve un colpo di grazia. Qualcosa di definitivo e irrevocabile, che infanghi una volta per tutte il nome di Greenwood. Qualcosa come questo. Da parte di qualcuno che non sia parte in causa in questo processo.»

Con un gesto nervoso, afferrò un foglio di carta dalla scrivania e mostrò una lettera al suo interlocutore. Era un falso commissionato ad arte, ma la calligrafia sembrava perfetta. Vi si leggeva che Richard e il suo defunto padre Gregory Greenwood, già da molto tempo prima, avrebbero "corrotto" Lord William Delsey, il padre di Lady Charlotte, per ottenere la mano della figlia, promettendogli le rendite minerarie negli Shropshire e ottenendo in cambio alcune sue prestigiose proprietà in territorio francese. Quindi l'interesse di Richard nei confronti di Charlotte non era dettato dall'amore, ma dal profitto, dall'opera di corruzione perpetrata nei confronti del padre della giovane donna.

«Immagino che alla dolce e appassionata Lady Delsey questa faccenda non piacerà affatto.»

«Immaginate bene.» Roger annuì convinto, sgranò gli occhi e deglutì a fatica. «Conoscendola, non le piacerà. Questa lettera distruggerà per sempre il mio unico ostacolo al matrimonio con Charlotte... il suo legame con Richard Greenwood.»

Gli tremavano le mani. Da una parte era certo che in questo modo avrebbe ottenuto ciò che desiderava, dall'altra si rendeva conto di rendersi complice in un crimine, di un orribile inganno ai danni di Greenwood. E non era sicuro che suo padre avrebbe approvato. Soprattutto per il rischio di essere scoperti, in un modo o nell'altro.

Ma De Vries sibilò, puntando gli occhi austeri su di lui allo scopo di dissipare i suoi dubbi. E quell'uomo, oltretutto, gli incuteva un terrore cieco, quasi irrazionale.

«Se desiderate la vostra ricompensa, la vostra splendida Lady Charlotte, allora farete pubblicare questo domani sul *Daily Telegraph*. E se dubitate della mia fermezza e del buon esito del mio piano, se temete una smentita, ora vi mostrerò qualcosa che dissiperà ogni vostra incertezza.»

Roger Pembroke deglutì ancora, sempre più frastornato. Da una parte c'era il desiderio di avere finalmente la bella Charlotte tutta per sé liberandosi per sempre del suo unico rivale, ma dall'altra…

De Vries si allontanò un istante e tornò con un cofanetto che aprì davanti ai suoi occhi, sollevandolo perché vedesse il contenuto. All'interno c'era una fiala di vetro blu con l'etichetta *Digitalis Purpurea*.

«Qualcuno potrebbe "aiutare" lo stato cardiaco di Lord William Delsey. Nel malaugurato caso tornasse dal suo viaggio in Francia e gli saltasse in mente di smentire il suo accordo con Greenwood. Quindi, vedete bene Pembroke. È tutto organizzato. Tocca solo a voi fare la vostra parte.»

***

Halstead Park, 14 giugno 1875

Mentre il sole si apprestava a tramontare, Richard e Charlotte passeggiavano nel giardino d'inverno della tenuta di Halstead, dove si erano rifugiati in attesa degli ulteriori sviluppi del processo, insieme a coloro che avevano preso posizione e deciso di sostenere la difesa di Richard. Avevano scelto di allontanarsi dal fragore di Londra, almeno per un po' di tempo. Le felci arboree del giardino creavano romantici passaggi, illuminati dalle lampade a olio.

«Tra poche ore...» Richard si fermò voltandosi verso di lei e spezzando il silenzio. «La mia libertà potrebbe dipendere da qualche documento falso o da un testimone corrotto. Conosco De Vries purtroppo e non mi aspetto nulla di diverso, da parte sua. Saresti disposta a fuggire, se le cose volgeranno al peggio? Magari in Francia. Credo sia l'unica speranza per te, in questo caso.»

Charlotte si fermò nei pressi del roseto in fiore. Puntò gli occhi nei suoi, sospirò e scosse la testa. I lunghi capelli rossi le ondeggiarono lievemente sulle spalle.

«Fuggire sarebbe tradire te e anche me stessa. Quindi no, Richard, non chiedermelo perché non lo farò. Ho affrontato Limehouse, Bow Street, i Pembroke, mia zia e il pregiudizio della società. Affronterò mio padre, quando sarà di ritorno in Inghilterra. E soprattutto affronterò questo processo e tutto ciò che De Vries scatenerà contro di me. Non ho intenzione di tornare indietro. Sarebbe comunque troppo tardi, ormai. Non ho mai fatto davvero parte di quel mondo in cui sono cresciuta, mi sono sempre sentita un'estranea, in realtà.»

Richard annuì e chiuse gli occhi. Si rese conto che sarebbe stato inutile combattere contro l'inevitabile. E soprattutto combattere contro la determinazione di quella donna audace e coraggiosa.

«Allora lasciami fare l'unica cosa che credo giusta. Stanotte ho incaricato Gainsborough di convocare i soldati rimasti che sono dalla mia parte. Ma se De Vries non si presenterà con l'intenzione di affrontare la verità e architetterà altre calunnie contro di me, io lo sfiderò a duello. Al primo sangue e senza spettatori.»

Il volto di Charlotte impallidì e la giovane si sentì spezzare il fiato.

«Un duello del genere ti rovinerà, Richard! In qualunque caso... e se perdessi... No, non voglio nemmeno pensarci!»

«Lo so, ma non vedo altro modo per far valere le mie ragioni se De Vries riuscirà comunque ad averla vinta anche con un regolare processo. Ho compreso che quell'uomo non ha limiti, non si fermerà mai. Mi odia, ha sempre usato tutto e tutti contro di me. Per questo è riuscito a corrompere e manipolare anche George Shaw, quel povero ragazzo che mi era stato affidato.»

«Mi rendo conto, Richard. Però... ci deve essere un altro modo!» Charlotte sospirò, gli prese le mani, stringendole tra le sue. «Lord Charles Shaw, forse. Il padre di George...»

«No, Lottie. Lord Shaw non interverrà mai in mio favore.» Richard scosse la testa, deciso. «Mi aveva affidato suo figlio, si fidava di me e io... io ho lasciato che De Vries si approfittasse di lui. Così Lord Shaw, il Duca di Mansfield, ha perso suo figlio, il suo unico erede. E, alla sua morte, il suo ducato andrà a un lontano parente.»

«Posso comprendere il suo dolore. Ma tu per questo anni fa ti sei preso la colpa di tutto, senza nemmeno provare a difenderti! Quando eri del tutto innocente! Non è stato il tuo sparo a colpirlo, ma quello di De Vries!» Charlotte non riuscì più a trattenersi, si staccò da lui, portandosi le mani alle tempie. «Per non infangare il nome e la memoria di George Shaw e denunciare pubblicamente la sua complicità con De Vries, hai permesso a quel maledetto di averla vinta.»

Richard sospirò e si strinse nelle spalle. Charlotte aveva ragione. Aveva lasciato che la situazione seguisse un corso che lo aveva portato alla vergogna, all'umiliazione, al disonore. Ma non poteva infliggere un altro torto a Charles Shaw, dopo che aveva già perso il suo unico figlio.

Charlotte si sentì strangolare dal panico. Lo amava, anche per quell'onore incorruttibile che era intrinseco in Richard e per la sua decisione di proteggere qualcuno che era, forse inconsapevolmente, caduto vittima di un inganno più grande di lui. Ma era proprio quel senso dell'onore e della lealtà che lo stava spingendo verso la morte o la rovina. E lei doveva fare qualcosa per aiutarlo.

Gli prese il volto fra le mani, fissando gli occhi blu nei suoi.

«Giurami che penserai a me prima di agire in modo sconsiderato. Giurami che la tua vita conta più di tutto il resto.» Charlotte deglutì a fatica e si morse le labbra. «Ti prego, Richard. Io non posso permettere che tu...»

Richard sospirò, le prese entrambe le mani e se le posò sul petto. Poi appoggiò la fronte alla sua.

«Te lo giuro, Lottie. Ma se il mondo mi strappa anche l'ultimo residuo di dignità, sappi che il pensiero di te sarà la mia sola armatura, la mia unica difesa.»

Le sue labbra sfiorarono quelle di Charlotte. Un bacio tenero, carico di presagi, che poi si fece sempre più intenso, impetuoso, mentre l'attirava a sé per la vita. Entrambi tremarono, per il timore di ciò che sarebbe accaduto e anche per la passione che erano ancora costretti a reprimere, a trattenere. Ma in quell'istante furono ancora più consapevoli che quel brivido, così intenso e travolgente, li avrebbe seguiti e legati per sempre.

CAPITOLO 13

Londra, 15 giugno 1875

La notte svanì nel rintocco distante del Big Ben. Con il primo chiarore, Roger Pembroke si decise a siglare l'accordo riguardante la lettera destinata al *Daily Telegraph*, tremando e con la mano sudata sul pennino d'oro. Nonostante i suoi dubbi e gli scrupoli che lo avevano attanagliato per ore, alla fine Algernon De Vries aveva avuto successo nella sua opera di convincimento.

Ora a De Vries non restava che attendere che la lettera venisse pubblicata e che il nome di Greenwood venisse ulteriormente infangato.

Nel frattempo, nel piccolo studio di Louisa Fairchild a Great Russell Street, Simon Bicknell pulì una vecchia carabina, pronto a vegliare sul destino del "suo" capitano.

Mai come in quei momenti l'amore di Charlotte e Richard fu tanto vivo ma, allo stesso tempo, tanto fragile. Era come un leggero filo d'argento teso fra due precipizi. Sfiorandolo appena si poteva spezzare, oppure farlo vibrare così forte da risuonare in tutta la contea. Ogni cuore coinvolto nell'impresa tratteneva il fiato, nell'attesa del prossimo battito che avrebbe potuto essere fatale.

La Cupola di St. Paul dominava il cielo grigio mentre sotto, nel quartiere di Newgate, le campane rintoccavano lente annunciando l'udienza decisiva.

Lady Charlotte Delsey scese dalla carrozza, guidata dal fedele Finley, con un semplice abito di colore grigio perla. Il velo di tulle, abbassato, lasciava intravedere solo la linea fiera del mento. Sotto il corpetto, il cuore le martellava come un tamburo di guerra. Non possedeva alcuna certezza, soltanto qualche flebile speranza che il suo tentativo non fosse stato del tutto vano. In mano stringeva una piccola cartella di cuoio verde. Al suo interno, una prova che poteva essere utile per liberare l'uomo che amava. Ma che si sarebbe potuta rivelare del tutto superflua senza l'intervento di chi aveva realmente voce in capitolo e potere sull'intera vicenda.

Lord Richard Greenwood, Marchese di Halstead, sedeva già sul banco degli imputati. Aveva il volto pallido, ma gli occhi grigio-argento rifulgevano di una calma determinata, come se ormai non avesse più nulla da temere. Indossava un tight nero impeccabile, ma mancavano lo stemma e l'orologio da tasca, pegni che gli erano stati sottratti e aggiunti alla sua cauzione. Al suo fianco, l'avvocato Giles Haversham giocherellava con i polsini, sempre più nervoso. Alle loro spalle invece, in tribuna, si accalcavano giornalisti, curiosi e detrattori, assetati di scandali.

La notte precedente, dopo aver salutato Richard ad Halstead, Charlotte e Louisa avevano deciso di consultare nuovamente i fascicoli nell'umida penombra del Public Record Office, guidate dall'archivista Mr. Pritchard che aveva accettato di mettersi a disposizione per la loro ricerca. Grazie a un indizio lasciato trapelare dal Maggiore Stonewall prima di ritirarsi, un piccolo simbolo presente sul dorso di un registro del Commissariato che aveva insospettito lo spirito d'osservazione di Louisa, avevano scovato un fascicolo dei pagamenti che in precedenza era stato trascurato, forse addirittura dimenticato. Scorrendo le colonne, lo sguardo di Charlotte si era fermato su una voce:

"Forniture mediche – 500 cartucce LeFaucheux – Firma: A. De Vries (agente) – Data: 6 marzo 1870 – Destino: Prima linea, Little Redan".

Con mani tremanti, lo aveva mostrato all'amica.

«Solo pochi giorni prima di quel colpo di pistola che ha ucciso il povero Tenente George Shaw!» esclamò Louisa, con la soddisfazione che le si

126

leggeva sul bel viso un po' stanco. «Questo servirà a incastrare ancora di più quel verme di De Vries!»

«Aspetta, Lou... c'è dell'altro!» Charlotte condivise l'eccitazione dell'amica. «Guarda qui!»

Poco più in basso, in una colonna rossa, vide la dicitura *Return Undelivered*, quindi non consegnati. Ancora più sotto, una nota a margine, vergata dallo stesso De Vries riportava:

"Partita di proiettili francesi LeFaucheux inadatti alla canna Enfield, non resi ma destinati allo smaltimento".

«Il proiettile che ha ucciso il Tenente Shaw era un LeFaucheux» rammentò Louisa. «Questo significa che De Vries possedeva lotti di quell'arma che non ha mai reso. Quindi sta mentendo da anni, come ho sempre sospettato. Non ha affatto smaltito quei proiettili, anzi... Il Colonnello Gainsborough ha assicurato che possedeva proprio quell'arma, gli era stata donata da un banchiere parigino.»

Charlotte annuì convinta, memorizzò ogni sigillo e ogni parola anche se, con il permesso di Mr. Pritchard, lei e Louisa ottennero una copia autenticata. La stessa che ora teneva nella cartella che stringeva al petto.

Però c'era un altro rischio che Charlotte, quella stessa mattina all'alba, con le prove che era riuscita a raccogliere, aveva deciso di correre. Un tentativo, una speranza. Anche contrastando la volontà di Richard. Ma si trattava della sua vita, della sua libertà. Quindi non si era tirata indietro. Era stata disposta a rischiare, anche a costo di compromettersi ancora di più, per lui. Anche a costo di venire umiliata e respinta. Era stata disposta ad affrontare le ire di chi si sentiva ancora ferito, isolato e chiuso da anni nel dolore della sua perdita, della sua solitudine.

***

Consapevole dell'impazienza con cui era atteso, il giudice, Sir Arthur Willoughby, entrò con la sua toga nera.

«Caso numero 14: la Corona contro Lord Richard Greenwood».

L'avvocato di De Vries, Sir Icarus Blunt, aprì l'arringa con voce untuosa.

«Con tutto ciò che è in nostro possesso oggi, è manifestamente provato che l'imputato abbia sottratto documenti militari per manipolare la verità sulla morte del Tenente George Shaw, di cui egli stesso è direttamente responsabile. Lord Greenwood ha dichiarato di aver rubato certi documenti al mio cliente. Allo stesso modo la prova della manipolazione degli atti portata alla luce dal

128

Maggiore Stonewall è ininfluente. Di certo è riconducibile allo stesso Lord Greenwood, per far ricadere la colpa su Lord De Vries.»

Charlotte, seduta fra Louisa Fairchild e il Colonello Gainsborough, sentiva le parole dell'avvocato strisciare, velenose come serpi. Intanto, il cuore le batteva furiosamente nel petto. Simon Bicknell, seduto dietro di lei, masticava tabacco per placare i nervi. Buon per lui, era una cosa che lei non avrebbe potuto fare anche se in fatto di nervi non si trovava in condizioni migliori. Purtroppo, nonostante le buone intenzioni e la speranza che l'aveva animata, il suo tentativo era stato vano.

Recarsi alla residenza estiva di Lord Charles Shaw, il Duca di Mansfield, e impuntarsi per essere ricevuta dal vecchio rigido e altero era stato del tutto inutile.

«Sono desolato, Lady Delsey.» Era stata la cortese risposta di colui che si era presentato come il maggiordomo del duca. Un uomo attempato, scarno e dai capelli bianchi che gli circondavano il volto appuntito. «Lord Shaw non vuole vedere nessuno.»

«Ma io vorrei che mi ascoltasse, soltanto per un momento. Non lo disturberò a lungo, prometto.» Aveva supplicato Charlotte, alzando anche il tono

129

di voce, come forse non si addiceva a una signora. «Si tratta di… di Richard Greenwood, lui è innocente. È sempre stato innocente. Ho tutte le prove. Vi prego, aiutatemi, parlate con il duca…»

«Sua Grazia non vuole vedere nessuno, in generale» ripeté il maggiordomo, implacabile e ancora più accigliato. «E di certo non vuole vedere lei, in particolare.»

A Charlotte non era rimasto altro da fare che annuire, anche se con le lacrime agli occhi, rassegnarsi e ritirarsi, per tornare alla carrozza dove Louisa e Finley l'attendevano preoccupati. Ma, nonostante il rifiuto di Lord Shaw, era convinta che il vecchio l'avesse vista e ascoltata, forse l'aveva addirittura spiata da una delle finestre, mentre si allontanava. Conosceva fin troppo bene i motivi che l'avevano spinta a cercarlo, ma semplicemente non gli importava nulla. Né di lei né del destino di Richard.

Così la situazione purtroppo non aveva avuto la svolta decisiva da lei auspicata. E non era del tutto certa che la prova che tratteneva tra le mani sarebbe stata sufficiente. Sul banco dei testimoni sedeva quell'orribile individuo, Lord Algernon De Vries, Duca di Montcliff. Alto, in un abito verde scuro e con il sorriso tagliente e sottile di chi si sente già vincitore. Consapevole di aver manipolato a sufficienza sorte e persone pur di ottenere i propri traguardi, sempre e comunque.

In effetti, era proprio ciò che stava attraversando, in quel preciso istante, la mente sadica e perversa di De Vries. Greenwood sarebbe stato dichiarato colpevole e, grazie al falso accordo tra lui e il padre di Lady Charlotte consegnato con il supporto di quello sciocco di Roger Pembroke, anche la giovane innamorata avrebbe perso fiducia nel suo Marchese di Halstead. Probabilmente l'unica possibilità di salvezza per Charlotte Delsey sarebbe stata quella di cedere al matrimonio con Pembroke. In seguito, lui avrebbe agito per ottenere la sua rivincita su Louisa Fairchild, quella giornalista impicciona ma dannatamente bella su cui avrebbe volentieri messo le mani.

Quando Blunt chiuse la sua arringa, Haversham si alzò con espressione decisa.

«Chiedo il permesso di chiamare Lady Charlotte Delsey, che ci porta una nuova prova importante.»

Un brusio leggero gremì l'aula diventando sempre più intenso. De Vries arricciò le labbra, supportato dal suo avvocato che intervenne immediatamente.

«Obiezione! La testimone è parte interessata! Lo sappiamo tutti, ormai. Parte interessata e decisamente compromessa!»

131

Il giudice Willoughby sbuffò spazientito, aggrottò la fronte, poi sollevò la mano.

«La Corte ascolterà Lady Delsey, purché la prova sia sostanziale.»

L'avvocato Haversham ne confermò l'importanza e Charlotte si alzò, incamminandosi verso la pedana. Ogni suo passo risuonava come un colpo di martello e rimbalzava furioso nel suo cuore. Stava tentando, con tutte le sue forze, di mostrare esternamente coraggio e sicurezza, ma dentro si sentiva tremare d'angoscia. Non aveva mai provato, in vita sua, una paura così viva, così mordace. Quando raggiunse la pedana sollevò il velo e il suo viso, severo ma luminoso, impose il silenzio. Giurò sulla Bibbia, poi schiuse la cartella.

«Prego, Lady Delsey» la incoraggiò il giudice.

«Io... ecco, io presento una registrazione originale firmata da Lord De Vries, che dimostra l'acquisto e poi l'occultamento di proiettili LeFaucheux pochi giorni prima della morte del tenente George Shaw. Tali proiettili erano destinati allo smaltimento, a quanto pare, e corrispondono al calibro ritrovato nel corpo del tenente. Se questi lotti erano destinati allo smaltimento, come mai un proiettile identico è finito proprio nella pistola che ha colpito Shaw?» Charlotte si guardò intorno, per un attimo. Le sue parole erano state accolte con un silenzio generale. Anzi, addirittura glaciale. Decise comunque di non fermarsi, anzi, di sbilanciarsi ancora di più. «Pistola che, in ogni caso, non apparteneva a Lord Greenwood, ma…»

«Questo documento non può essere ammesso!» urlò Blunt, interrompendola e sovrastando la sua voce.

Sir Arthur Willoughby sollevò la mano per fermare Blunt e fece cenno a Charlotte di passare il registro al cancelliere perché lo consegnasse a lui. A quel punto, De Vries impallidì e Blunt sbuffò, irritato e incapace per il momento di reagire.

«Il documento potrebbe essere falso, contraffatto da qualcuno disposto a…» Tentò di nuovo, in mancanza di alternative.

Ma il Maggiore Stonewall si alzò, interrompendo il tentativo di difesa di Blunt.

«Posso testimoniarne l'autenticità. Lo stesso registro è custodito anche dal War Office e reca il doppio sigillo reale. Quella portata da Lady Delsey è solo una copia, ma l'originale è facilmente reperibile e consultabile. Io sono a vostra disposizione per portare questa ulteriore prova.»

Mentre un mormorio di approvazione vibrava come un'onda, il giudice scrutò De Vries che si morse le labbra con furia. Doveva risolvere quel maledetto inghippo, subito! Poi sarebbe intervenuto anche quell'idiota di Pembroke con la lettera pubblicata sul *Daily Telegraph* che ormai doveva essere uscita. Anzi, cosa diavolo stava aspettando a presentarsi?

«Vostra Grazia, come spiegate questa discrepanza?» Lo pungolò il giudice Willoughby, impaziente di ottenere una risposta. «Perché i proiettili non sono stati smaltiti quando era il momento più opportuno?»

De Vries cercò di prendere tempo con un colpo di tosse, poi sgranò gli occhi mentre un sudore freddo gli imperlava la fronte.

«Semplice, si tratta di una chiara manipolazione... di sabotaggio dei conti...» Ma la voce tradiva il crollo, ormai prossimo. Non sapeva che altro inventarsi al momento e aveva bisogno di più tempo per escogitare qualcosa di convincente. Questo avrebbe chiesto al tribunale. Tempo. E di certo gli sarebbe stato concesso, considerata la sua posizione. Era il Duca di Montcliff, maledizione! Non si sarebbe lasciato incastrare!

Ma Haversham approfittò subito dell'incertezza intercorsa tra De Vries e il suo avvocato per cogliere l'attimo.

«Chiedo l'immediata ammissione del documento e il proscioglimento del mio cliente da ogni imputazione, nonché l'apertura di un nuovo

134

procedimento per falsa testimonianza a carico di Lord Algernon De Vries.»

«Io invece chiedo tempo per poter convenire con il mio cliente» replicò Blunt, con lo sguardo percorso da un'ira crescente per essersi trovato di fronte a un nuovo elemento, increscioso e del tutto inatteso.

La Corte accolse la richiesta di Blunt e si ritirò per venti minuti. L'avvocato di De Vries chiese più tempo, ma non gli venne concesso.

Richard, momentaneamente libero dal banco, riuscì a raggiungere Charlotte in un angolo. Non potevano toccarsi, ma i loro occhi parlavano.

«Qualunque sia l'esito di questo processo, tu mi hai già salvato» sussurrò lui, sorridendole con tenerezza. «Più di una volta, dal momento in cui ti ho rivista non ho fatto altro che desiderarti al mio fianco.»

«No, Richard, non sono stata io a salvarti» rispose lei. «Io ho solo illuminato il buio che ti circondava. Il merito della tua salvezza è della verità che finalmente sarà scoperta da tutti.»

«Non possiamo esserne così certi, Lottie. Sottovalutare l'influenza e i mezzi di De Vries sarebbe da ingenui.»

«Lo so, Richard. Ma io non mi arrendo. Noi lotteremo, fino alla fine.»

***

Quando le porte si riaprirono, dopo venti minuti che erano sembrati eterni, il giudice Willoughby tornò a occupare il suo posto con una solennità composta e austera. Puntò lo sguardo severo su Richard e lo trattenne, poi lo spostò sull'espressione ostile di De Vries, che sembrava alterato dalla rabbia.

Il giudice rimase stranamente in silenzio, come in attesa di qualcosa. O di qualcuno. Inaspettatamente, solo qualche istante dopo, altri tre uomini fecero il loro ingresso. Roger Pembroke, suo padre Roderick Pembroke, Conte di Aylesford, e infine qualcuno che nessuno avrebbe immaginato di veder comparire nell'aula di quel tribunale o di nuovo in società.

«Lord Shaw...» Charlotte sentì vociferare, alle sue spalle. I commenti, ripetuti più volte, erano sempre gli stessi. «Il Duca di Mansfield... è molto cambiato, è dimagrito e invecchiato, ma è proprio lui...»

Lord Charles Shaw, il Duca di Mansfield, padre del Tenente George Shaw. Un uomo anziano, dal volto scarno e dai capelli bianchi che gli circondavano il volto.

Guardandolo Charlotte si posò una mano sulla bocca, incredula. Era lui, allora! Proprio lui. Non il

136

maggiordomo! L'aveva spudoratamente ingannata, quando aveva rifiutato di riceverla. E ora la stava scrutando attentamente, con quel suo sguardo severo e un po' arcigno. Perché si era presentato? Quali erano le sue intenzioni?

«La Corona ritira tutte le accuse contro Richard Greenwood» dichiarò il giudice Willoughby, interrompendo l'incredulità di Charlotte per aggiungerne un'altra. «Lord Richard Greenwood, Marchese di Halstead, è dichiarato innocente da ogni imputazione. Tutte le prove a suo carico sono cadute, grazie ai nuovi documenti presentati e alla testimonianza, in sua difesa, portata da Lord Charles Shaw, il padre della vittima, che ha sporto invece regolare denuncia contro Lord Algernon De Vries, insieme a Lord Roger Pembroke. Si ordina l'arresto di Lord Algernon De Vries con l'accusa di omicidio, falsa testimonianza, occultamento delle prove, tentata corruzione e istigazione all'omicidio. Ne abbiamo più che a sufficienza, direi... ma ho il sospetto che troveremo anche dell'altro!»

Richard e Charlotte si scambiarono un'occhiata perplessa. Ancora non comprendevano cosa avessero a che fare i Pembroke in tutto questo, ma aveva scarsa rilevanza, al momento. Richard era libero. Tutte le accuse contro di lui erano cadute.

Questa era l'unica cosa davvero importante al momento.

Nell'aula si udì un improvviso boato che divenne sempre più fragoroso e fu subito seguito da alcuni applausi. Louisa rise soddisfatta, stringendo Charlotte in un abbraccio.

Richard socchiuse gli occhi per un attimo, inspirò poi espirò e due lacrime furtive comparvero tra le ciglia corvine. Quando riaprì gli occhi si accorse che Lord Charles Shaw stava puntando lo sguardo su di lui, chinando lievemente il capo. Non sapeva cosa o chi lo avesse convinto a intervenire, non ancora almeno. Ma, consapevole di quanto gli fosse costato presentarsi, gli rispose con un cenno di gratitudine.

Charlotte, ancora incredula e frastornata, avrebbe voluto correre incontro a Richard, ma si sforzò di mantenere un certo decoro, almeno per il momento. Non era sicura che sarebbe stata in grado di controllarsi, se lo avesse raggiunto. E forse aveva già dato abbastanza scandalo nel corso delle ultime settimane, quindi sarebbe stato meglio non esagerare.

In tribuna, Simon Bicknell e altri ufficiali lanciarono entusiasti il cappello in aria, mentre il Colonnello Gainsborough si mosse per congratularsi con Richard e con Haversham.

Nel frattempo, Louisa, con un sorrisetto soddisfatto, iniziò a prendere appunti con velocità febbrile, come se nella mente avesse già messo insieme l'articolo con cui avrebbe siglato la sua vendetta e la fine di quell'ignobile verme di Algernon De Vries.

Lady Dorothea, sopraggiunta poco prima della sentenza, già all'apparire di Lord Shaw si posò una mano sul petto con gli occhi lucidi di sollievo e gratitudine. Ci sarebbe stata ancora salvezza, per la sua piccola Lottie. Aveva avuto ragione lei, dopotutto. Aveva lottato per il suo amore, dimostrando un coraggio non comune. Non si era mai tirata indietro, non aveva mai dubitato. Non si era arresa, nemmeno per un istante. E alla fine, nonostante tutte le difficoltà che l'avevano afflitta e piegata durante il percorso, aveva vinto.

CAPITOLO 14

Halstead Park, 22 giugno 1875

Al tramonto, nella splendida Rose Walk di Halstead Park, l'aria profumava di fiori e di petali di rosa. Charlotte indossava un abito color crema e teneva i lunghi capelli rossi sciolti sulle spalle. Richard, in redingote color carbone, camminava al suo fianco. Il sole gettava sottili lame d'oro sulle fronde e il vento, soffiando leggero, sembrava sussurrare promesse antiche ma sempre nuove.

Richard si fermò sotto un tiglio fiorito e strinse la mano di Charlotte nella sua, attirandola a sé.

«Sono nato due volte, Lottie.» Le accarezzò la guancia, con dolcezza. «La seconda è stata quando ti ho rivista quella sera e hai gettato la tua luce su tutte le mie ombre, presenti e passate.»

«Per me è lo stesso, Richard.» Charlotte sospirò, posando entrambe le mani sul suo petto. «Stavo lottando, contro qualcosa, contro qualcuno... forse anche contro me stessa. E non sapevo come uscirne. Da quando tu sei ricomparso nella mia vita, tutto è cambiato per me, all'istante. Mi hai dato un coraggio che non avrei mai creduto di possedere. Mi hai regalato una nuova vita in cui finalmente riesco a riconoscermi.»

«Ti sbagli... Non sono stato io. Tu eri già così, lo sei sempre stata.»

Così dicendo, Richard estrasse un piccolo astuccio dalla tasca. Lo aprì di fronte a lei, conteneva una fede d'oro cesellato, un antico cimelio materno.

«Mia amata Lady Charlotte... vuoi condividere con me la nostra nuova vita? Da oggi e per sempre?»

Charlotte si posò le dita sulle labbra, sorpresa di trovarle umide delle lacrime che nel frattempo avevano preso a scorrere dai suoi occhi lungo le guance.

«Sì, Richard. Lo voglio, ora e per sempre.»

Richard l'afferrò per la vita e la baciò sulle labbra. Un bacio appassionato e sensuale a cui Charlotte si abbandonò senza più lottare per resistere, per contenersi. Sarebbe stato inutile. Era sua, ora più che mai. Anima e corpo, apparteneva a Richard Greenwood, forse da sempre. E per sempre.

«Ora e per sempre, Lottie.» Lui, quasi leggendole nel pensiero, la guardò in quegli occhi blu che, più che mai, gli fecero tremare il cuore. D'amore, di passione, di orgoglio per il coraggio di

141

quella sua rosa così pura ma anche così forte, così vibrante. «Ora e per sempre.»

***

Un mese dopo

La notizia, nel corso dei giorni successivi, si era propagata velocemente anche se non era giunta del tutto inaspettata. L'Inghilterra vittoriana, avida di storie, in pochi giorni trasformò in una deliziosa fiaba a lieto fine lo scandalo in cui erano rimasti intrappolati Charlotte Delsey e Richard Greenwood. Da "capitano caduto in disgrazia e libertino senza ritegno" in "eroe valoroso e dai solidi principi morali". Da "giovane lady sul baratro della rovina" a "salvatrice dell'onore e coraggioso modello di virtù".

Entrambi si resero conto che le definizioni che ora il mondo attribuiva loro avevano davvero scarsa rilevanza. Forse erano addirittura esagerate. In ogni caso, non potevano più far dipendere il loro destino e la loro felicità dalla volubilità della gente. La cosa più importante, per Charlotte e Richard, era che la verità avesse trionfato, insieme al loro amore.

Tra gli altri, anche la Regina inviò un biglietto di felicitazioni scrivendo che *"il coraggio morale è la vera forza di cui il nostro regno avrà sempre bisogno"* e mostrando apertamente la sua benevolenza nei confronti dei due giovani. La cerimonia venne così fissata, con il benestare di Sua Maestà, a St. George's, Hanover Square, una delle chiese predilette dall'aristocrazia.

Lady Dorothea, sciolta in lacrime di gioia, organizzò un ricevimento a Devonshire House, offerto con gioia da Lady Mathilde, la Duchessa di Devonshire, in sostegno alla giovane coppia. Louisa Fairchild, rompendo ogni sua consuetudine come paladina delle inchieste sociali, ricevette un invito ufficiale al matrimonio e accettò di partecipare, nonostante i suoi costanti contrasti con le regole e le formalità aristocratiche. Simon Bicknell, fornito di guanti nuovi, avrebbe fatto da usciere onorario. Lady Annabeth Beaumont, non più ostile nei suoi confronti, donò a Charlotte un velo in tulle Chantilly, simbolo di solidarietà e amicizia. Roger Pembroke, caduto in parziale disgrazia a causa della sua complicità con De Vries, venne mandato dal padre in viaggio nel continente. Si vociferava che il viaggio sarebbe stato piuttosto lungo, abbastanza da far dimenticare la combutta del giovane con il Duca di Montcliff e il suo tentativo di rovinare la "sublime coppia di paladini della giustizia". Per fortuna il Conte di Aylesford era intervenuto in tempo a fermare la stupida condotta del figlio, obbligandolo a confessare il misfatto e contribuendo a incastrare De Vries.

Il giorno fissato per le nozze, il cielo magicamente si aprì in un azzurro davvero inconsueto per Londra. All'interno di St George's, gigli bianchi e rose rosa erano stati disposti in modo da formare grandi archi profumati. La navata risplendeva di ceri e di riflessi sui vetri istoriati. Charlotte avanzò al braccio di suo padre, Lord William Delsey, tornato dalla Francia per il matrimonio della figlia. Nel frattempo, in parte grazie all'eredità della moglie e in parte per il supporto di Richard, era riuscito a porre rimedio al dissesto finanziario dei Delsey.

L'abito di Charlotte era di satin avorio con uno strascico ricamato in filo d'argento. I grandi occhi blu brillavano come zaffiri levigati e sui suoi capelli il velo donatole da Annabeth ricadeva morbido e lieve.

Richard l'attendeva all'altare, con l'uniforme di gala: la giubba blu con gli alamari argento, la fascia cremisi e la sciabola d'onore. Quando Charlotte gli fu vicina, le lacrime per un attimo gli annebbiarono la vista. Ma si riscosse subito con un sorriso luminoso mentre i suoi occhi grigi si perdevano nel contemplare la bellezza della sua indomita e coraggiosa sposa.

Dopo che il reverendo ebbe pronunciato le formule del rito e i due sposi si furono scambiati le promesse, le voci festanti rimbombarono lungo la navata. Al di fuori della chiesa, Londra esplose in un fragore di campane e il suono rimbalzò come l'eco di un giorno in cui iniziare finalmente una nuova vita.

Nei saloni tappezzati di seta blu di Devonshire House, un'orchestra eseguì lo stesso valzer di mezzanotte che li aveva uniti mesi prima, ma ora in piena luce diurna.

Il Colonnello Jonathan Gainsborough brindò al coraggio dei due giovani. Lady Dorothea, finalmente tranquilla, espresse la sua soddisfazione alla duchessa, Lady Mathilde.

«Ho sempre creduto di essere in grado di proteggere Charlotte dall'uragano in corso» le confessò, posandosi una mano sul petto. «Invece alla fine è stata lei, con la sua ostinazione e il suo coraggio, a insegnarmi come affrontarlo e superarlo.»

«Ne sono convinta» concordò Lady Mathilde, con un sorriso malizioso. «Di certo non avrei mai voluto vederla con Lord Pembroke. Diciamo che è stato il mio modo per spingerla ancora più ostinatamente verso Richard Greenwood.»

Tre settimane dopo il viaggio di nozze in Francia, Charlotte e Richard fecero ritorno ad Halstead Park, accolti da un viale di tigli dai riflessi dorati. Charlotte scese dalla carrozza e si guardò intorno. L'aria estiva odorava di miele selvatico e di resina.

Una volta oltrepassato l'ingresso, dentro la sala grande, Richard sollevò Charlotte fra le braccia. Attraversò il salone e la posò davanti al grande camino.

«Ecco il luogo che per anni ha trattenuto dentro di sé l'eco dei miei demoni e che li ha riportati in luce, nonostante il mio tentativo di rimuoverli per sempre.» La guardò negli occhi, accarezzandole le guance con dolcezza. «Ora tutto il silenzio e il timore custoditi qui dentro saranno colmati dalla tua presenza, dalle tue risate.»

Charlotte annuì e accarezzò la cicatrice sul lato destro del mento di Richard, per lei quasi il simbolo di tutte le battaglie che aveva combattuto e vinto.

«Prometto di ridere ogni giorno, Richard, e di colmare tutto il vuoto, tutto il silenzio che ha attraversato per così tanto tempo queste stanze. Se anche tu prometti di ridere insieme a me.»

Richard sorrise e la baciò, stringendola a sé per la vita e lasciando poi scivolare le mani lungo i suoi fianchi. Si staccò solo un istante per guardarla negli occhi, quei grandi occhi blu che, dopo tanti anni, gli avevano restituito la vita, la gioia di vivere.

Da quel giorno in poi, nel corso delle serate d'estate nella tenuta di Halstead si poteva udire, portato dal vento, un valzer lieve che danzava fra i roseti. In molti raccontarono di aver visto, nei dintorni del castello, una dama dai capelli color rame tra le braccia di un gentiluomo dagli occhi d'argento. Spesso si aggiravano insieme, nei dintorni della tenuta, a cavallo di Étoile e Midnight Tempest. Lady Charlotte e Lord Richard, la marchesa e il marchese di Halstead, raccoglievano il favore e la stima di chiunque incontrassero grazie alla loro gentilezza e bontà d'animo.

Non aveva importanza quante altre tempeste avrebbero solcato ancora i loro anni, ci sarebbe stata ancora una musica che avrebbe continuato a vivere, a respirare in loro, perché era stata composta con il coraggio, la lealtà e l'amore, gli unici strumenti davvero in grado di superare ogni ostacolo. Come il canto di un usignolo, l'amore autentico trova sempre il modo di brillare, più forte di qualsiasi maldicenza, più potente di ogni ingiustizia, destinato a durare quanto la memoria delle stelle.

E così, la rosa della dolce Charlotte fiorì accanto alla spada di Richard, ricamando su una tela di seta il motto che le generazioni future avrebbero cucito sui vessilli della famiglia.

"Cum Fortitudine et Amore, semper vincimus – Con coraggio e amore, vinciamo sempre."

RINGRAZIAMENTI

Grazie infinite a chi ha voluto leggere questa novella ispirata a un periodo storico molto particolare, affrontando insieme a me il percorso di Lady Charlotte Delsey, di Lord Richard Greenwood, Marchese di Halstead, e di tutti i personaggi che fanno da contorno alla loro storia. È stata un po' una sfida per me, come lo è stata per Charlotte e Richard, prima di riuscire a sconfiggere tutto il male e l'oscurità che li circonda per far trionfare la verità, la giustizia e il loro amore.

Ringrazio Ghostly Whisper Ltd., la mia casa editrice, e i miei correttori di bozze.

Ringrazio la mia famiglia per il sostegno costante e per l'incoraggiamento a non abbandonare mai la scrittura.

Ringrazio tutti voi, lettrici e lettori, per essere arrivati fino a qui, per avermi concesso anche questa volta il vostro tempo e la vostra fiducia. Spero di aver allietato le vostre ore con questa storia d'amore ma anche di coraggio, di rivincita e di rinascita.

Alla prossima storia!

Barbara Morgan (Blake Williams) legge e scrive da sempre. Predilige urban fantasy, horror, distopici e fantascienza ma si avventura spesso in altri generi. Lavora nell'ambito della scrittura, dell'editoria e della moda. Laureata in lingue e letterature straniere, specializzata in letteratura inglese, letteratura americana e letterature comparate, ha vissuto tra Inghilterra, Francia, Italia, Svizzera e Stati Uniti, per poi trasferirsi in Irlanda, dove organizza eventi culturali e book club. Traduce dall'inglese, dal francese e dallo spagnolo.

Ghostly Whisper, la Casa Editrice che ha fondato in Irlanda, è un po' la sua storia.

Facebook: https://www.facebook.com/blakewilliamsbooks
Instagram: https://www.instagram.com/blakewilliamsbooks

Website: https://www.barbara-morgan.com

Facebook: https://www.facebook.com/BarbaraMorganAuthor

Instagram: https://www.instagram.com/barbaramorganbooks

X: https://x.com/BabsiMorgan

Threads: https://www.threads.net/@barbaramorganbooks